서머싯 몸을 읽다

세계문학을 읽다 5

서머싯 몸을 읽다

김지용 지음

머리말

청소년들에게 어떤 작가를 소개하면 좋을까 고민했다. 헤르만 헤세, 찰스 디킨스, 카프카, 톨스토이, 도스토옙스키, 헉슬리 등의 선택권이 주어졌다. 이 작가 저 작가를 살펴보다가 우연히 서머싯 몸의 에피소드를 접했다.

그는 신인 시절 신작 소설을 출간하게 되었다. 책을 널리 알리고 싶었던 그는 고민 끝에 신문 구인구직란에 광고를 냈는데, 광고 내용은 이러했다.

'억만장자가 신붓감을 구합니다. 저는 20대의 잘생기고 매너 좋은 억만장자입니다. …… 제가 바라는 여성은 최근에 나온 서머싯 몸의 소설 여주인공과 모든 점에서 닮은 분입니다. 자신이 이 여주인공과 닮았다고 생각하시는 여성분이 있으면 지체하지 마시고 즉시 연락해 주십시오.'

그의 소설에나 나올 법한 이 이야기를 접하고 서머싯 몸을 선택하게 되었다.

이야기의 효용이 인생을 미리 경험하게 하는 것이라면, 서머싯 몸의 소설을 읽은 것이야말로 그 목적에 적격이라 하겠다. 새로운 인간을 만나고 나와 다른 사람을 이해하는 과정과 그 과정에서 들인 노력은 나를 성장시키는 힘이 된다. 서머싯 몸의 소설에 등장하는 다양한 인간 군상들은 있는 그대로의 모습으로 제시되어 실감 날 뿐 아니라 인간의 이면과 속내를 적나라하게 만나볼 기회를 제공한다. 그리고 무엇보다 몸의 작품은 재미있다. 그는 '소설의 목적은 가르침이 아니라 즐거움이다.'라는 자신의 지론을 작품 속에서 충실하게 구현했다. 그래서인지 《인간의 굴레》, 《달과 6펜스》, 《면도날》, 《인생의 베일》, 《어셴든, 영국 정보부 요원》 같은 소설들이 영화로 만들어지기도 했다.

영미권 최대 북리뷰 사이트인 '굿리즈(Goodreads)'에는 서머싯 몸의 소설에 대한 독자들의 평가와 별점이 나오는데, 《인간의 굴레》, 《면도날》, 《인생의 베일》, 《달과 6펜스》가 평가자 수와 평점에서 상위에 오른 네 작품이다. 이를 작품의 선택 기준으로 삼았다. 개인적으로는 그의 중편·단편소설들과 연작소설 《어셴든, 영국 정보부 요원》이 인간의 위선에 대한 날카로운 풍자와 따뜻한 연민, 그리고 치밀한 구성과 놀라운 반전을 담고 있어 장편 못지않은 애착을 느끼게 했다.

대학 대신 군대를 가겠다며 한가한 시간을 보내는 큰아들을 꾀어 서머싯 몸의 작품을 같이 읽었다. 인간의 나약함, 불완전성, 위선 등을 공유할 수 있어서 기뻤다. 아내는 내가 쓴 원고를 읽고 서머싯 몸의 작품을 읽고 싶어 했다. 아빠 옆에서 자기도 글을 써보겠다고 자판을 툭탁거리는 둘째 모습은 귀여웠고 그 자체로 힘이 되었다. 독자들도 이 책을 읽으면서 서머싯 몸의 작품을 직접 읽어보고 싶다는 마음이 들었으면 좋겠다.

나는 이 글을 쓰면서 문학을 조금 더 겸손하게 가르칠 수 있게 되었다. 그동안 작품을 공들여 쓴 작가들에 비해 그만큼 정성을 다해 작품을 읽지 않았던 것을 깨달았기 때문이다.

차례

Ø1

서머싯 몸의 삶과 작품 세계

1. 여행, 작품이 되다

서머싯 몸(William Somerset Maugham)은 1874년에 태어나 1965년에 아흔한 살의 나이로 세상을 떠났다. 그의 국적은 영국이지만 프랑스 파리에서 태어났고, 그가 죽은 곳도 프랑스 니스이다. 그는 10대 때 독일의 하이델베르크에 머물며 공부한 적이 있고, 젊을 때 이탈리아와 스페인 등 유럽 이곳저곳을 여행했다. 제1차 세계대전 중에는 특정 임무를 받고 스위스와 러시아에 파견된 적이 있고, 미국을 비롯해 사모아, 말레이반도, 타히티, 중국 등도 여행했다. 60대에는 남미와 서인도 제도, 인도를 여행했고, 제2차 세계대전이 발발하자 미국으로 건너가 5년 남짓 뉴욕에서 머물기도 했다. 서머싯 몸은 실제로 영국에 별 매력을 느끼지 못해 성인이 된 이후에 대부분의 삶을 프랑스를 비롯해 영국 밖에서 머물렀으니, 일찌감치 시대를 앞서간 코스모폴리탄(세계시민)이었을지도 모른다.

서머싯 몸은 여행하면서 보고 듣고 경험한 것을 자신의 작품에 십분 활용했다. 그는 "여행에서 얻는 구체적 혜택은 한편으로는 정신의 자유이고, 다른 한편으로는 내 목적에 필요한 사람들의 모든 풍습을 알게 된다는 것이었다. 나는 사람들의 기질, 기이함, 성격 등에 특히 집중했다."라고 밝힌 바 있다. 자신의 첫 번째 단편모음집 서문에도 다음과 같이 썼다.

> 나는 세상을 두루 돌아다녔는데 어디에서 얼마나 머물든 이야깃거리가 한두 가지는 늘 있어서 그것으로 이야기를 썼다.

그가 자전적 소설 《인간의 굴레》를 집필하기 시작한 곳은 스페인 세비야였으며, 동아시아와 태평양 여행을 바탕으로 쓴 단편들은 그를 최고의 단편소설 작가로 만들어주었다. 그는 고갱이 작품 활동을 했던 타히티도 방문했는데, 이때 경험이 《달과 6펜스》의 기초가 되었다. 스위스와 러시아에서의 경험은 《어셴던》으로 탄생했고, 그가 70세에 발표한 《면도날》은 인도 여행에서의 경험이 아로새겨져 있다.

오래 살면서 이곳저곳 여행한 경험 덕에 많은 작품을 쓸 수 있었고, 많이 쓰다 보니 좋은 작품도 많이 남겼다. 25편의 희곡, 20편의 장편소설, 125편의 단편소설, 11편의 여행기와 평론집을 썼으며, 잡지 연재, 자서전, 회상록 등 다양한 장르의 글을 왕성하게 집

필했다. 윈스턴 처칠과 함께 영국 왕립문학원의 부위원장으로 선출된 1958년에는 평론집 《관점(Point of View)》을 내며 "60년에 걸친 작가 생활에 종지부를 찍는다"고 선언했는데, 이때 그의 나이가 84세였다. 이만하면 인간으로서도 작가로서도 복된 삶을 산 것이라 할 수 있을 듯하다.

2. 의학을 공부하다

서머싯 몸의 아버지는 프랑스 파리에 있는 영국대사관 고문 변호사였다. 그의 집안은 백여 년 이상 법률가를 배출해 온 집안이었다. 그의 할아버지는 영국 법률학회 창단 멤버이기도 했으며, 그의 형 세 명도 법률가로 활동했다. 그도 역시 법조계로 진출하겠거니 생각했고 주변의 기대도 받았으나 말더듬증 때문에 포기한 것으로 보인다. 말을 더듬는 그의 버릇은, 프랑스에서 태어나 어린 시절을 보낸 까닭에 영어를 프랑스 사투리처럼 발음하는 것을 두고 또래 아이들이 놀리는 바람에 더 심해졌다.

여덟 살 때 어머니가 폐결핵으로, 열 살 때 아버지가 암으로 세상을 떠나자, 그는 천주교 사제인 작은아버지에게 맡겨진다. 엄격한 성격의 작은아버지는 몸에게 옥스퍼드 대학에 진학하여 성직자나 회계사가 될 것을 권했지만, 몸이 선택한 것은 의학교 입학이었다. 의학교를 졸업하고 의사면허도 얻었지만 몸이 의사가 된 것은 아니었다. 의대생 시절에 산부인과 조수로 런던 남부 램버스의 빈민굴에 가서 63명의 아기를 받아냈는데, 이때 하층 계급 출신 환자나 병상에서 고통받던 환자를 접하고 이 경험을 바탕으로 사실주의적 소설《램버스의 라이저》(1897)을 발표했다. 그런데 이 작품이 비평가들에게 인정받고 상업적으로도 나름 성공하자 전업작가가 되기로 결심했다. 스물세 살 때였다. 그의 회고에 따르면, 의사가 되기 위해 그가 거친 수업은 불필요한 시간이 아니라 작가가 되기 위한 필수 과정이었다고 한다.

의학 공부를 한 사람이 철학자나 문학가가 되거나 의사이면서 작가인 경우가 종종 있다. 영국 경험론을 창시한 정치철학자 존 로크(1632-1704)도 의학을 공부했고 해부학에 관한 저서도 남겼다. 의사로서 많은 영유아를 접해 본 경험을 통해 '사람의 심성은 아무것도 쓰여 있지 않은 석판(타불라 라사)과 같다'는 통찰을 얻었다고 한다. 불멸의 탐정 셜록 홈즈를 내세워 추리소설을 쓴 코난 도일(1859-1930)도 의학을 공부한 뒤 개업의를 거쳐 탐정소설가로 전환했다. SF소설의 영원한 고전《멋진 신세계》의 작가 올더스 헉슬리(1894-1963)도 이튼칼리지를 졸업하고 의학도가 되려 했다. 러시아를 대표하는 작가 중 안톤 체호프(1860-1904)도 의사였는데, 친구에게 보내는 편지에 "의학은 나의 아내요, 문학은 나의 애인이다."라고 했다. 중국 개화기의 혁명적 작가 루쉰(1881-1936)도 일본에 유학 가서 의학전문학교에 다녔다. 그런데 세균 수업 시간 중, 러일전쟁에서 러시아 간첩 노릇을 하다 일본군에게 잡힌 중국인의 처형 장면과 이에 분개하지 않는 중국인들의 모습을 보고 소설을 쓰기로 결심하고는 의학전문학교를 자퇴했다고 한다. 이렇게 보면 의학과 문학 모두 인간에 대한 관심에서 출발하는 분야가 아닌가 싶기도 하다.

3. 닥치는 대로 읽다

일찍 부모를 여의고 작은아버지가 보낸 캔터베리 킹즈스쿨에서 원만하지 못한 학교생활을 하게 된 몸은 문학에 빠져들기 시작한다. 폐결핵에 감염되어 프랑스 이에르에서 요양할 때 모파상을 비롯한 프랑스 작가들의 소설을 읽었다. 모파상의 작품들은 서머싯 몸이 글을 쓰는 데 가장 많은 영향을 주었는데, 열여섯 살 때부터 읽기 시작하여 스무 살이 되기 전에 모파상의 소설 대부분을 읽었다고 한다. 서머싯 몸을 가리켜 '영국의 모파상'이라고 하는 데에는 나름의 이유가 있었던 것이다. 프랑스 요양에 이어서 1년 남짓 독일 하이델베르크 유학 시절에는 문학과 연극, 그림 등 예술을 폭넓게 가까이하면서 기독교 신앙을 버리고 무신론자가 된다.

독일에서 돌아와 의학 공부를 시작했지만 큰 열의를 갖지 못한 채 학업은 적당히 넘기며 영국, 프랑스, 이탈리아, 라틴 문학에 심취했다. 그뿐 아니라 철학, 역사, 과학 등 다양한 분야의 책을 닥치는 대로 읽었다. 그는 이때를 회상하며 "호기심이 너무 왕성하여 곰곰이 반추할 시간도 없이 한 권을 끝내기 무섭게 다른 권을 시작했으며, 젊은 처녀가 무도회에 가듯 흥분된 마음으로 유명한 저서들을 읽어나갔다."라고 했다. 한 기자가 그에게 인생에서 가장 흥분했던 순간을 묻자, 서머싯 몸은 괴테의 《파우스트》를 읽기 시작하던 때라고 답하기도 했다.

그는 또한 학문 가운데 철학이 가장 만족스러운 읽을거리를 제공한다는 것을 발견하고 고전철학자의 주요 저서부터 쇼펜하우어, 헤겔, 데카르트, 스피노자, 칸트, 베르그송, 버트런드 러셀에 이르기까지 열정적으로 읽어나갔다. 그가 따분하게 여긴 철학자는 헤겔이었으며, 스피노자의 책을 접하고는 자신의 인생에서 획기적인 경험 중 하나라고 했고, 러셀의 저서는 존경하는 마음으로 읽었다. 그는 필요에 의해 책을 읽기도 했는데, 자신의 문체를 갖기 위해 오스카 와일드의 《도리언 그레이의 초상》(1891), 《살로메》(1893) 등과 성경의 《아가서》, 조너선 스위프트의 《통 이야기》(1704)를 탐독하며 나중에 써먹을 요량으로 문장을 베끼고 암기한 다음 그 문장을 다시 써보려고 노력하기도 했다.

그에게 책을 읽는 행위는 어떤 의미였을까? 그가 60대 중반에 쓴 회상록에서 그는 이렇게 답한다.

다른 사람들이 대화나 카드놀이를 휴식으로 여긴다면 나는 독서가 휴식, 아니 그 이상으로 필수적이다. 잠시라도 책을 빼앗긴다면 나는 마약중독자가 마약을 빼앗긴 꼴이 될 것이다. 나는 아무것도 안 하고 있을 바에야 차라리 시간표나 카탈로그라도 읽겠다.

또 그는 자신을 '많이 읽었으나 신통치 못한 독서가'로 자평하며 자신의 독서 버릇을 소개하는데, 여기서 그의 성격을 미루어 짐작할 수 있다.

나는 천천히 읽었고 페이지를 그냥 건너뛰지 못했다. 아무리 재미없고 따분한 책이라도 다 읽지 않고 내팽개칠 수 없었다. 내가 다 읽지 않은 책은 손가락으로 꼽을 정도이다. 그리고 내가 다시 읽은 책들도 그리 많지 않다. 물론 한 번만 읽어서는 전체적인 뜻을 알 수 없는 책이 많다는 것을 안다. 그러나 처음 읽었을 때 내 머릿속에 남아 있는 것(세세한 내용은 잊는다 해도)이 진정한 자양분이라고 생각한다.

그가 여든 살에 쓴 평론집 《열 편의 소설과 그 작가들》에는 그가 뽑은 최고의 작가 열 명과 그들의 작품을 소개하고 있다. 그는 이 책에서 위대한 작가들의 작품에 대해서뿐 아니라 작가들의 특이한 버릇과 작업 스타일, 옷차림과 식습관, 바람기 등 세세한 모습과 감추고 싶은 추문까지 소개하고 있어 색다른 재미를 준다. 열

명의 작가와 작품 목록은 다음과 같다.

작가	작품	작가	작품
헨리 필딩	톰 존스	플로베르	보바리 부인
제인 오스틴	오만과 편견	허먼 멜빌	모비딕
스탕달	적과 흑	에밀리 브론테	폭풍의 언덕
발자크	고리오 영감	도스토옙스키	카라마조프가의 형제들
찰스 디킨스	데이비드 코퍼필드	톨스토이	전쟁과 평화

이 평론집에서 서머싯 몸은 《모비딕》과 《카라마조프가의 형제들》, 그리고 이 책에서 다루지는 않았지만 제임스 조이스와 카프카의 작품들은 '창작 의도가 완전히 이질적인 일군의 소설'이라 하여 다른 작품들과 구분하고 있다.

4. 스파이로 활동하다

2010년 영국 대표 신문인 〈가디언(The Guardian)〉은 키스 제프리의 책 《MI6, 비밀정보국의 역사 1909-1949》를 인용하면서 서머싯 몸이 제1차 세계대전 때 영국 비밀정보국 요원으로 스파이 활동을 했다는 기사를 냈다. MI6(Military Intelligence 6)는 영국의 해외정보국으로 영화 '007 시리즈' 덕분에 널리 알려진 조직이다. 서머싯 몸은 1928년(54세)에 열다섯 편의 단편을 묶어 《어센던》이라는 첩보소설을 출간했는데, 이 때문에 그가 스파이였을 거라는 소문이 나돌았었다. 이 책은 앨프리드 히치콕이 영화 〈비밀첩보원〉(1936)을 만들 때 원작으로 삼았고, 수차례 텔레비전 드라마 시리즈로도 제작되었으며, 영국 비밀정보국 신입요원의 교육용 필독서로 활용되기도 했다. 서머싯 몸은 《어센던》 서문에 다음과 같이 밝히고 있다.

> 이 책은 제1차 세계대전 당시 정보기관에서 내가 직접 겪은 일을 바탕으로 소설로 재구성한 것이다. …… 정보부 기관원이 하는 일은 대체로 단조롭기 짝이 없으며, 쓸모없는 활동도 많다. 소설의 소재로 쓰려 해도 단편적이고 무의미한 것이 대부분이지만, 작가가 그것을 가져다가 이야기가 되게끔 구성하고 전개를 극적으로 만들며 개연성을 부여하는 것이다.

《어센든》은 영화 '007 시리즈'처럼 제임스 본드 같은 뛰어난 스파이의 영웅적 활약상을 그리는 내용이 아니다. 스파이로서 어센든은 신체 능력이 뛰어난 것도, 최첨단 고성능 무기를 가지고 있는 것도 아니다. 그가 가진 것이라곤 프랑스어와 독일어 등 몇 개 국어를 구사하는 언어 능력과 소속 없이 이동이 자유로운 작가라는 직업, 관찰력과 침착함을 가진 성격이 전부이다. 그래서일까, 주인공에겐 전쟁 중이라는 긴박감이나 대결 의식, 애국심이 좀체 보이지 않으며, 정보 당국이나 스파이들의 세계에 대해서도 특별한 애정이 없다. 그런데 오히려 이러한 냉소적 태도 때문에 첩보소설의 새 지평을 열었다는 평가를 받기도 했다.

1917년, 서머싯 몸의 나이 43세. 스파이를 하기엔 다소 무리일 듯싶은 나이에 러시아에 파견된 서머싯 몸의 임무는 무엇이었을까? 그의 임무는 사회주의 정부 수립을 방해하여 러시아가 전선에서 이탈하는 것을 막는 것이었다. 하지만 그는 그 임무에 특별한 사명감을 가졌던 것은 아닌 것 같다. 러시아에 잠입하기 위한 경로는, 미국에서 일본을 거쳐 블라디보스토크에서 기차로 시베리아를 횡단해 페트로그라드까지…… 병약한 그에게 멀고 힘든 길이었다. 그럼에도 러시아 파견에 응한 것은 톨스토이와 도스토옙스키, 체호프의 고장에 가보고 싶은 욕심 때문이었다. 그러나 페트로그라드에 간 지 석 달 만에 볼셰비키혁명이 일어나서 그 임무는 급작스레 막을 내리고 말았다.

5. 통속작가를 자처하다

영미문학사를 다룬 책들에서 서머싯 몸의 이름을 발견하기는 쉽지 않다. 그만큼 문학사적으로 서머싯 몸에 대한 평가는 인색한 편이다. 동시대의 비평가들은 서머싯 몸을 이류작가로 취급했고, 통속작가로 혹평하기도 했다. 몸도 그 점을 알고 있었다.

> 내가 20대 때 비평가들은 나를 잔혹하다고 평했고, 30대에는 경박하다고, 40대에는 냉소적이라고, 50대에는 능란하다고, 그리고 60대인 지금은 피상적이라고 말한다.

그의 세속적 성공은 1907년에 찾아왔다. 우연한 기회에 무대에 올리게 된 그의 풍속희극《프레더릭 부인》이 뜻밖에도 큰 성공을 거두면서 18개월이나 장기 공연할 정도로 흥행했다. 이 성공에 힘입어 다음 해 여름에 런던에서《잭 스트로》,《도트 부인》,《탐험가》 등 그의 희곡 네 편이 동시에 공연되는 인기를 누린다. 그는 '마몬(끝없이 돈이나 부(富)를 탐하는 악마)에게 영혼을 판 사나이'라는 비판을 받으며 통속작가라는 낙인이 찍혔지만, 극작가로 확고한 명성을 얻고 아울러 많은 돈도 벌게 되었다. 그는 '갑자기 극작가로 성공을 거두어서 생계를 위해 일 년에 한 권씩 장편소설을 써야 하는 필요에서 면제된 것'이 얼마나 다행스러운 일인지 모르며, 극작가로 번 돈이 진정으로 하고 싶은 일을 못 하는 상황에 내몰리지 않을 자유를 주었다고 했다. 그러니 천박하고 저속하며 대중에게 영합한다는 악명은 그에게 그리 불쾌한 것이 아니었다.《인간의 굴레》에서 서머싯 몸이 돈이나 부(富)에 대해 어떻게 생각했는지 짐작되는 내용을 살필 수 있다.

> 세상에 가장 굴욕스러운 일은 말이지, 먹고사는 걱정에서 헤어나지 못하는 거야. 나는 돈을 멸시하는 사람들을 보면 경멸감이 들어. 그런 자들은 위선자 아니면 바보야. …… 부자가 되어야 한다는 건 아니야. 하지만 적어도 품위를 유지할 수 있고, 방해받지 않고 일할 수 있고, 너그럽고 솔직할 수 있을 정도, 그리고 독립적으로 살 수 있을 정도는 있어야지.

그는 부유하게 살았다. 돈으로 할 수 있는 것은 모두 다 누렸다. 세속적 성공을 멀리하지 않았다. 원고료에도 매우 집착했다. 로버트 롤링 콜더는 서머싯 몸을 20세기 전반에 사상 최고의 몸값을 받았던 작가였을 것이라고 했다. 그는 극작가로 돈을 벌자 런던 중서부의 비싼 집으로 이사하여 사교계와 문단 파티에 드나들었을 뿐 아니라 프랑스 니스와 몬테카를로 사이에 있는 멋진 별장을 사서 1929년부터 죽을 때까지 살았다. 그 집에는 일 년 내내 열대식물이 무성했고 르누아르, 마티스, 피사로, 피카소 등의 작품을 비롯하여 세계 곳곳의 미술품이 가득했다. 또 스웨덴 왕과 타이 왕, 전 스페인 여왕, 윈저 공작 부부, 윈스턴 처칠 등 유명 인사들이 그 집을 찾았다고 한다.

돈뿐만이 아니었다. 그는 노년에도 많은 영예를 얻었다. 1947년, 해마다 극 장르를 제외한 소설, 비소설, 시 분야에서 서른 다섯 살 미만의 촉망받는 젊은 작가들을 선정하여 창작활동을 지원하는 '서머싯 몸 상'이 제정되었고, 1951년에는 미국에 '몸 연구소'가 설립되어 그의 문헌이 전시되었다. 1952년 옥스퍼드 대학에서 명예학위를 받았고, 1954년 여든 살 생일에는 엘리자베스 2세로부터 명예훈위(Companion of Honour)의 칭호를 받았을 뿐 아니라, BBC에서 '80년 회고'가 방송되기도 했다. 1958년에는 왕립문학원의 부원장에 선출되었고, 1961년에는 문학훈위(Companion of Literature) 칭호도 받았다. 서머싯 몸은 큰 인기를 누린 유명 작가이자 최고의 이류작가였다.

그의 작품은 전 세계 대학 영문학과의 주요 교재로 쓰이는 '노튼 영문학 선집'이나 '롱맨 영문학 선집'에 실려 있지 않다. 동시대를 살았던 영국의 다른 문인들(오스카 와일드, 조지프 콘래드, 제임스 조이스, 버지니아 울프, D. H. 로렌스) 사이에 비집고 들어가기엔 그의 작품이 걸출하지 않았던 것일까? 그러나 비평가들의 야박한 평가에 대해서는 서머싯 몸 스스로도 인정한 바였다.

> 불후의 명성은 아니더라도 사후 몇 세대 동안 사람들이 그의 작품을 재미있게 읽어주고, 또 그 나라의 문학사에서 말석이나마 한 자리를 차지하는 것이 작가의 희망이다. 하지만 나는 이런 말석조차 회의적

이다. …… 나는 나의 문학사적 지위에 대하여 아무런 환상도 품지 않는다.

6. 평범함을 추구하다

서머싯 몸은 소수의 사람에게만 애착을 느꼈는데, 실제로 관심을 보인 건 그런 소수의 사람보다 평범한 일반 대중이었다. 그들의 인간성 자체가 흥미로워서라기보다는 자기 작품의 소재가 되었기 때문이다. 평범한 사람들은 서로 갈등하는 사항들이 다양하게 뒤섞여 있어서, 그 예측 불가능함, 기이함, 무한한 다양성이 작가에게 한없는 놀라움을 선사하며 풍성한 탐구의 영역이 된다는 것이다. 몸은 그 자신도 소설에 자주 등장하는데, 《인간의 굴레》는 자신의 자전적 소설이며, 《달과 6펜스》나 《면도날》에서는 주인공의 이야기를 전달하는 서술자로 나온다. 심지어 《면도날》에서는 본인의 이름을 그대로 사용하기도 한다.

서머싯 몸은 자기 자신을 어떻게 보았을까? 작품을 통해 그의 됨됨이나 성격을 유추할 수도 있지만 여기서는 자신의 회상록 《서밍 업》에서 언급한 내용들을 통해 살펴보자.

나는 많은 단점을 가지고 있었다. 키가 작았고, 지구력은 있었지만 근력은 약했다. 말을 더듬었고, 수줍음이 많았고, 건강이 좋지 않았다. 영국인들의 삶에서 큰 부분을 차지하는 운동에도 소질이 없었다. 그래서인지 혹은 천성 때문인지 모르지만 동료들과 잘 사귀지 못했고, 그들과 친밀한 관계를 맺기도 어려웠다. 나는 개인들을 사랑했지만, 그들의 집단은 별로 좋아하지 않았다. 나에게는 첫 만남에서 사람을 끌어당기는 매력이 없었다. 세월이 흘러가면서 어쩔 수 없이 낯선 사람과 만나야 할 때 온화한 태도를 보이는 방법을 배웠지만, 나는 첫눈에 어떤 사람을 좋아한 적이 없었다. 나는 열차나 정기 여객선에서 상대방이 먼저 말을 걸어오지 않는 한 모르는 사람에게 말을 걸어본 적이 없다. 사람들은 어느 정도 술을 마시면 도도하게 취해 온 인류를 그들의 형제로 여기지만, 나는 그런 상태에 도달하기 훨씬 이전에 속이 메슥거리면서 탈이 난다. 이런 것들은 인간으로서나 작가로서나 큰 단점이다.

나는 지루한 사람들과 오랜 시간을 보내고 싶지 않다. 그렇다고 해서 재미있는 사람들과 오랜 시간을 보내고 싶은 것도 아니다. 나는 사회적인 교류를 피곤해한다. 대부분의 사람들은 대화를 하면 상쾌해지고 편안해지지만 나에게 대화는 언제나 고역이었다. 젊은 시절부터 말을 더듬었던 나는, 말하는 것이 아주 피곤했다. 어느 정도 말더듬증을 고친 지금도 대화를 하려면 여전히 긴장된다. 그래서 사교의 장에서 벗어나 책을 읽는 것이 나에게 안도감을 가져다준다.

그가 세속적인 성공을 이루어 주목받았던 것을 생각하면 다소 의외의 고백이다. 그는 사교성이 부족해 보이고 혼자 있어야 마음이 편안한 내향적 인물이다. 이런 부류의 사람들이 독서와 사색을 좋아하는 것은 자연스럽다. 독서와 사색이 쌓이면 어떻게든 말이나 글로 표현될 수밖에 없는데, 수줍음 많은 그가 청중 앞에서 말하는 것을 그리 좋아하지는 않았을 것이다. 그러나 내향적 성격이라 해서 자신에게만 침잠하고 집에만 있었던 것은 아니다. 그는 날것 그대로의 삶을 만나기를 원했다. 그래서 의학 공부를 할 때 병동 업무와 빈민가 출산 현장 왕진에 엄청난 흥미를 느꼈고, 틈날 때마다 여행을 떠났다. 제1차 세계대전이 발발하자 영국에서 사무직으로 일하는 대신 프랑스 적십자 야전의무대에 지원했으며 스파이 노릇도 마다하지 않았다. 그럼에도 막상 생생한 체험이 주는 놀라움에 초연한 척했다. 인간과 세계에 대해서는 낭만적인 기대나 희망도, 그렇다고 필요 이상의 실망이나 회의도 품지 않았다. 그는 그저 일정한 거리를 두고 냉철하게 관찰하는 것을 즐길 뿐이었다.

서머싯 몸은 인생은 통속적이고 작가가 추구해야 할 것은 바로 그 통속적인 인생이라고 생각했다. 그랬기에 자신의 삶 또한 세속적으로 전개되는 것에 주저하지 않았다. '미래는 불확실하기 때문에 지금 이 순간이 제공하는 모든 쾌락을 붙잡는 것이 합리적인 상식'이며, '가치 있는 유일한 생존은 한 개인의 온전한 생존'이라는 생각이 그가 내린 결론이었다. 이런 결론에 따라 그는 인생에서 가능한 한 많은 즐거움을 얻어내려는 개인주의자이자 쾌락주의자(Epicurean)였다. 돈을 주고 남한테 시킬 수 있는 일은 직접 하지 않았고, 위험하다고 해서 여행을 망설인 적은 없지만 가능한 한 편안한 여행을 즐겼다.

> 나는 돈을 주고 살 수 있는 좋은 것은 모두 다 누렸다. 그것은 다른 경험들과 마찬가지로 하나의 경험일 뿐이며 나의 모든 소유물과 아무런 고통 없이 헤어질 수 있다. 우리는 불확실한 시대에 살고 있고 우리의 모든 것을 빼앗길지도 모른다. 나의 식욕을 달래줄 평범한 식사, 나만의 방, 공립도서관에서 빌려온 책, 펜과 종이만 있으면 나는 아무것도 후회하지 않을 것이다.

그러다 보니 그는 사회적 활동이나 책임에 무관심했으며 그의 소설에서도 시대상이나 현실 참여적 주인공의 모습은 대체로 희미하다.

> 평생을 다 바쳐도 글을 잘 쓰기까지는 시간이 부족하다고 생각했으므로 나는 이 목적 이외의 다른 일에 나의 귀중한 시간을 잘 내놓으려 하지 않았다. 나는 글쓰기 이외에 다른 일도 역시 소중하다는 것을 별로 확신하지 못했다.

서머싯 몸을 시대성을 외면한 통속작가로 평가하는 것은 조심스럽지만, 그의 냉소적 세계관이 그를 현실 세계를 개혁하는 데 회의적이게끔 한 것은 사실로 보인다. 이를 달리 해석하면, 그는 이념과 가치관에 휘둘리지 않고 비교적 자유로웠다고 할 수도 있다. 그는 사회적 현상에 대해 중립적 태도와 일정한 거리를 유지했는데, 이런 식이었다. 본인이 귀족 취향을 가졌으면서도 상류층의 위선과 속물성에 대해선 폭로와 풍자를 마다하지 않았으며, 거꾸로 하층민들의 건강성과 순수성을 옹호하면서도 그들의 천민의식은 매우 경멸했다. 또 지식인이나 예술인들의 우월의식도 꽤 신랄하게 비판했다.

> 증권중개업자도 가구 장인도 저마다 전문 지식을 갖고 있다. 자기 지식만 소중하다고 생각하는 것은 지식인의 어리석은 편견이다. 진선미는 값비싼 학교에 다녔거나 도서관에 틀어박혀 살거나 박물관에 자주 가는 사람들의 전유물이 아니다. 예술가가 다른 사람들을 활용하면서 그들을 한 수 아래로 보는 것은 용납될 수 없다. 자기 지식이 다른 사람들의 지식보다 중요하다고 생각하면 그는 바보이고, 또 그들을 동등한 입상에서 만나지 못한다면 그는 한심한 사람이다.

서머싯 몸은 "과거의 위대한 인물들, 예를 들어 단테나 셰익스피어, 스피노자에게 바치는 가장 좋은 찬사는 그들을 숭배의 대상으로 바라보지 말고, 그들이 우리와 동시대인이었다면 느꼈을 법한 친밀함을 가지고 대하는 것"이라고 한 적이 있다. 그들을 친근하게 대할 수만 있다면 그들이 아직도 우리와 함께 살아 있다는 뜻이 될 거라면서 말이다.

7. 소설은 재미있어야 한다

서머싯 몸에게 문학은 현실에 대한 논평이나 지침을 담은 교훈서가 아니다. 한마디로 놀이다. 놀이의 목적은 가르침이 아니라 즐거움이다. 설령 놀이가 가르침을 준다 해도 즐거움에 따르는 부차적인 것일 뿐이다. 그러려면 작가는 독자가 쉽게 잘 읽을 수 있도록 써야 한다. 서머싯 몸은 그저 말하고 싶은 것을 재미있게 이야기할 줄 아는 이야기꾼인 것에 만족할 뿐 새로운 주제와 난해한 기법, 예외적 인물 등에 대한 강박 관념을 갖지 않았다. 그가 젊은 날 많은 노력을 기울인 문체 수련의 결론은 "내 문장은 분명함, 단순함, 좋은 소리를 지향해야 한다."라는 것이었다. 이러한 결론은 어떤 작가보다 알기 쉽고 편한 문장으로 그의 작품 속에 반영되었는데, 조지 오웰은 생전에 "내게 가장 큰 영향을 끼친 현대 작가는 서머싯 몸이다. 이야기를 장식 없이 단도직입적으로 전개하는 힘 때문에 그를 가장 존경한다."라고 했다.

서머싯 몸은 전통적인 이야기 수법으로 평이한 문체를 동원하여 평범한 주인공들에 대한 이야기를 썼다. 소설의 재료는 현실을 바탕으로 한다. 그런데 현실의 모습은 어떠한가? 몸이 보기에 현실 자체는 좋은 이야기가 되지 못했다. 현실은 마구잡이로 뻗어나가다가 이렇다 할 결론 없이 흐지부지 끝나는 경우가 많기 때문이다. 인생이 일관성 없고 변덕스러운 것은 이 때문이고 바로 그러한 이유로 사람들은 제한된 시간 안에 완결된 결말을 보여주는 이야기를 좋아하고 소설·드라마·영화에 몰입한다. 소설이 인생을 있는 그대로 보여줘야 한다면 소설도 인생처럼 두서없어지고 말 것이다. 어차피 소설이 허구라면 인생과 현실을 재료로 이용하되 독창적으로 배열하고 매끄럽게 재구성해야 즐거움이라는 목적을 달성할 수 있다. 《어셴든》의 서문에 이러한 그의 생각이 담겨 있다.

내가 말하는 기법은 인생에서 호기심을 끄는 것, 인상적이고 극적인 인물이나 사건을 선택하여 담아내는 이야기 방식이다. 인생을 모방하려고 하지는 않지만, 그렇다고 독자가 그런 소리를 누가 믿느냐고 할 정도로 현실과 괴리되지 않도록 선을 지키는 것이 중요하다. 이야기로 다루기에 적당한 사실에서 뺄 것은 빼고, 어떤 것은 조금 바꾸거나 윤색하여 하나의 그림을 완성하는 것이다. 이야기에는 작가의 기질이 담기기에 어느 정도는 작가 자신의 초상이지만, 이는 어디까지나 독자를 자극하고 흥미를 일으키며 몰입시키기 위한 것이다. 그 의도가 성공하면 독자가 그 이야기를 진짜로 받아들인다.

서머싯 몸은 현실에서 소설의 소재를 찾았다. 현실에는 무궁무진한 소재가 있었다. 자신이 체험한 것이 아닐지라도 신문만 펼치면 거기에 작가들이 놓칠 수 없는 날것의 소재들이 넘쳐났다. 몸은 이야깃거리가 떨어진 적이 없었고, 또 이야기하는 것을 재미있어 했다. 그는 소설 속 등장인물들도, 단지 머릿속의 환상에다 살아 있는 인물의 형체를 부연한 것과는 다르게, 언제나 살아 있는 모델을 기준으로 했다. 특히 그가 원숙기에 쓴《케이크와 맥주》(1930)는 출간되자마자 세간에 큰 파장을 일으켰다. 당시의 문단을 풍자한 이 소설에 등장하는 유명 작가가 2년 전에 죽은, 영국 빅토리아 시대 최후의 사실주의 대작가 토마스 하디(1840-1928)라는 의혹 때문이었다. 몸은 특정 인물을 겨냥하지 않았다고 공식적으로 부인했다. 하지만 소설 속 유명 작가의 설정과 토마스 하디의 특징에 비슷한 점이 많았을 뿐 아니라 몸 자신도 항상 '실제 인물을 토대로 창작에 임한다'는 입장을 밝혀왔던 터라 비난이 거셌다. 이 작품에는 또 한 명의 실제 인물이 풍자되고 있는데, 처세술 덕분에 문단에서 높은 지위에 오른 휴 월폴(1884-1941)이라는 작가이다. 서평을 쓰려고 이 책을 읽은 휴 월폴은 자신을 풍자한 것을 알고는 충격을 받아 한숨도 못 잤다고 한다.

버지니아 울프는 "서머싯 몸이 그려낸 출세 지향적인 문인의 초상은 고문에 가까운 부분이다. 휴는 벼락출세한 얼굴 두껍고 위선적인 대중 작가로 그려지고 있다."라고 했으며, 리튼 스트레이치는 "나쁜 마음을 품고 그려낸 월폴의 초상이 실린 재미있는 책"이라고 했다. 휴 월폴이 책의 출판을 막으려고 항의 편지를 보내자 몸은 이렇게 답했다고 한다.

만약 자네가 이 작품에서 자네의 모습을 보았다면 우리가 대동소이할 뿐 결국은 같은 인간이기 때문일세.

서머싯 몸은 자신이 노리는 효과를 얻기 위해 실존 인물들을 모델 삼아 그들의 성품과 어울리는 비극적 혹은 희극적 상황에다 배치하는 것에 거리낌이 없었다.

실제 모델을 바탕으로 등장인물을 묘사하는 관습은 보편적이며 필수적이다. 작가들은 이 사실을 인정하는 데 부끄러움을 느낄 필요가 전혀 없다. 투르게네프가 말했듯이 실제 인물을 의중에 두어야만 등장인물에게 생명력과 특이성을 부여할 수 있는 것이다.

《케이크와 맥주》는 서머싯 몸이 자신의 80번째 생일에 1000부 한정 호화 기념판을 낼 정도로 자신의 작품 가운데 가장 좋아하는 작품이었다. 이 작품을 좋아한 까닭은, 이 소설에 등장하는 여주인공 로지가 실제로 서머싯 몸이 젊었을 때 8년간 사랑하고 청혼까지 한, 그가 사랑한 유일한 여성이었기 때문일 것으로 짐작된다. 《케이크와 맥주》만 보면 서머싯 몸이 유명 인사에 관심이 많고 그들을 소설에 즐겨 차용했을 것이라고 생각하겠지만 실제로는 그 반대이다.

> 나는 유명 인사보다 무명 인사에게 더 관심이 많다. 그들은 세상으로부터 그들 자신을 보호하기 위해, 혹은 세상의 환심을 얻기 위해 자기 자신이 아닌 다른 인물을 만들어낼 필요가 없다. 있는 그대로 드러내 보인다. 우리 작가들은 이런 평범한 사람들을 다루어야 한다. 왕, 독재자, 재계의 거물 등은 우리 관점에서 보자면 아주 장사가 안 되는 인물이다. 평범한 사람들이야말로 작가의 풍성한 탐구 영역이다. 그들은 작가에게 한없는 놀라움을 선사한다.

특히 그의 단편소설에는 다양한 인간 군상들의 모습이 탁월하게 형상화된다. 평범한 현실의 평범하지 않은 이면을 날카롭게 포착하고 윤리와 도덕, 상식을 넘어서는 세계를 추구하는 인물을 등장시키며 인간의 어리석음과 악덕, 위선과 양면성을 신랄하게 조롱하면서도 연민과 이해를 바탕으로 따뜻한 웃음을 끌어내는 유머 감각을 발휘한 것은 그의 문학적 성취라고 할 수 있다. 그의 인생을 살펴보면, 그는 모순 속에 살았던 작가였다. 영국 사회의 관습을 혐오하면서도 상류 계층의 생활을 즐겼고, 돈의 중요성을 강조하면서도 경멸했으며, 영국을 대표하는 작가라는 자부심이 있으면서도 명성을 추구하는 문단의 행태에 염증을 느꼈다. 그래서 그는 인간이란 상반된 특성을 동시에 가진, 본디 일관성 없는 존재이며, 따라서 인간은 이해하기 어려우므로 유머 감각이 있어야 모순된 인간 본성에서 짜증과 분노, 좌절 대신 즐거움을 발견할 수 있다고 생각했다. 유머 감각은 나를 포함한 모든 인간이 공통적으로 야비하고 사악하며 좀스럽고 이기적이며 음란하고 속물적이며 저열하고 추악한 면을 갖고 있다는, 우리 자신이 그리 대단한 존재가 아니라는 것을 깨달을 때 생기는 감각이다. 이런 통찰에 기반한 관용과 유머는 그의 단편소설 전반에 흐르는 정서적 토대이기도 했다.

간결한 사실주의적 필치, 잘 짜인 플롯, 기지 넘치는 대화, 담담한 정서와 반전 등 독특한 경지를 이룬 그의 단편들은 1920~30년대 대중잡지에 발표되면서 수많은 독자를 사로잡았고 지금 읽어도 세련미가 넘친다.

어떤 사람이 작가가 되는가? 서머싯 몸은 자신이 작가가 된 데는 물리칠 수 없는 충동 외에는 다른 이유가 없었다고 한다. 그가 말하는 물리칠 수 없는 충동은 이런 것이다.

사람들 중에는 자신의 선량한 행동들은 무시하고 자기가 저지른 나쁜 행동에만 집중하면서 번뇌하는 부류가 있다. 바로 이런 사람이 그 자신에 대하여 글을 쓰는 부류이다.

이 말에 부합하는 소설이 《인간의 굴레》이다. 극작가로 성공을 거둘 무렵 그는 자신을 집요하게 따라다니는 불행한 과거와 고통스러운 기억들에서 해방되기 위해 이 작품을 썼으며, 자신의 기억이 대중에게 전달되자 자신을 압박하던 기억에서 자유로워졌다고 했다. 그에게 글쓰기는 마치 천벌처럼 자신을 짓누르는 부담에서 벗어나려는 몸부림처럼 보인다.

그러나 그는 전업작가 의식이 강했던 사람이기도 하다. 그는 자기 인생에 일정한 패턴을 만들고 싶었고, 삶의 패턴을 스스로 만들 수 있는 사람은 예술가가 유일하다고 생각했다. 그래서 자기 삶의 필수적 요소로 글쓰기를 끌어들였다. 그에게 패턴이란 인생의 무의미함에 부과한 어떤 질서 같은 것이다. 그는 최선이라고 생각되는 패턴을 만들지도 못했으며, 단지 현실적으로 가능한 패턴을 만들어냈을 뿐이라고 했지만, 가능한 범위 내에서 고통스럽고 치열하게 노력했다.

나는 내가 바라는 만큼 글을 잘 쓰지는 못하리라는 것을 안다. 하지만 고통스럽게 노력하면 나의 타고난 결점이 허용하는 범위 안에서는 글을 잘 쓸 수 있다고 생각한다.

좋은 문장은 노력의 흔적을 보이지 말아야 한다. 종이에 써놓은 것은 그냥 자연스럽게 써진 것처럼 보여야 한다. 내게 그런 기술이 있다면 그것은 오로지 치열한 노력 덕분일 뿐이다.

나는 작가가 오랜 수련과 많은 유익한 실패를 바탕으로 이런 결과를 내놓을 수 있다고 생각한다. 이렇게 하자면 그는 문학을 평생의 업으로 삼아야 한다. 그는 전업작가가 되어야 한다.

걸작은 독학한 천재의 운 좋은 우연에 의해서 생겨나는 것이 아니라 힘들게 펼쳐온 생애의 꼭짓점으로서 생겨나는 것이다. 작가는 스스로 계속 새로워져야만 비옥해질 수 있으며 그의 영혼이 새로운 체험으로 꾸준히 풍요로워질 때만 자기 자신을 갱신할 수 있다.

그럼에도 그는 전업작가를 유쾌하고 신나고 다양한 재미가 있는 직업이라고 여겼다. 소재 고갈의 공포에 시달리기도 하고, 독자를 즐겁게 해야 한다는 강박으로 대중의 요구에 굴복할 때도 있지만, 작가는 자신이 선택한 장소에서 아무 시간에나 마음 내키는 대로 작업할 수 있고, 몸이 안 좋거나 우울하면 마음대로 일을 중단하고 놀 수도 있다며 좋아했다. 다만 돈 때문에 글을 쓴다면 그건 어리석은 일이라고 했다. 왜냐하면 똑같은 노력을 들일 경우 글쓰는 일보다는 다른 직업들이 훨씬 벌이가 좋기 때문이다.

평론집《열 편의 소설과 그 작가들》에서 서머싯 몸은 자신의 소설론을 비교적 소상하게 밝히고 있다. 우선 소설의 목적은 가르침이 아니라 즐거움이며, 이야기를 듣고 싶은 욕망은 인간에게 소유욕만큼이나 뿌리 깊다는 것을 언급하고, 훌륭한 소설이 갖춰야 할 것들이 무엇인지 자신의 생각을 얘기하고 있다.

일단 주제가 흥미를 유발하는 것이어야 한다. 이는 주제 자체가 특정 계층뿐 아니라 남녀를 불문하고 관심을 가질 만한 것이어야 한다는 말이다. 또 그것은 세월이 가도 흥미가 쉽게 수그러들지 않는 것이어야 한다. 다음으로 이야기는 앞뒤가 맞아야 하고 이해할 만한 것이어야 한다. 처음과 중간과 끝이 있어야 함은 물론, 끝은 처음의 필연적인 귀결이어야 한다. 에피소드는 개연성이 있고 주제를 진전시키는 것이어야 할 뿐 아니라 이야기의 본래 줄기에서 자연스럽게 자라 나온 것이어야 한다.

또 작가가 창조한 인물들은 개성이 있어야 하고, 행동은 인물들 각자의 성격으로부터 비롯된 것이어야 한다. 그래서 독자들로부터 '꼭 이렇게 행동할 줄 알았어. 예상했던 그대로야.'라는 말이 나오도록 해야 한다. 그 자체로서 흥미로운 인물이라면 더욱더 좋다. 인물의 행동이 그의 성격과 맞아떨어져야 하는 것과 똑같이 말투도 그래야 한다. 대화는 산만해서도 안 되고 작가가 자신의 생각을 떠벌릴 기회로 삼아서도 안 된다. 그것은 얘기하는 당사자의 성격을 드러내고 이야기를 진전시키는 데 도움이 되도록 해야 한다. 문장은 보통 교육을 받은 사람이라면 누구나 읽을 수 있도록 알기 쉽게 써야 하고, 문투는 잘 만들어진 구두가 발에 잘 맞듯이 내용에 부합하는 것이라야 한다.

마지막으로 결국, 소설은 즐거움을 주어야 한다. 이는 소설의 본질적인 특성이라 이게 빠지면 그 이외의 모든 유용한 특질들도 다 쓸데없는 것이 된다. 소설이 주는 즐거움이 지적이면 지적일수록 그 즐거움은 더욱더 좋은 것이 된다.

서머싯 몸의 작품들은 자신이 말한 훌륭한 소설이 갖추어야 할 자질에 충실하게 쓰였다. 대중의 흥미를 유발하는 내용을 치밀한 구성과 깔끔한 표현으로 개성 있는 인물을 등장시켜 전개했다. 그러면서 즐거움을 줄 뿐 아니라 사람과 인생에 대한 날카로운 통찰력도 보여주었다. 통속작가로 많은 독자를 얻는 데 성공했다는 평가가 있지만, 그것은 오히려 시대와 대중이 원하는 것을 꿰뚫어 보는 재능을 가진 덕분이라고 봐도 좋을 것이다. 또 세속의 속물성과 위선에 대한 풍자도 매우 탁월하여, 그를 현실에 무관심한 작가였다고 말하기도 어려울 듯하다. 미국의 비평가 고어 비달은 서머싯 몸의 작가적 위치에 대해 이렇게 평가했다.

> 내 세대의 작가치고, 그들이 솔직하다면, 서머싯 몸의 작품에 무관심한 척하기는 매우 어렵다. 몸은 반드시 읽어야 할 작가이다.

02

서머싯 몸 작품 읽기

인간의 굴레

Of Human Bondage, 1915

작품의 줄거리

절름발이로 태어난 필립은 일곱 살에 아버지를, 아홉 살에 어머니를 여의고 고아가 되어, 융통성 없고 매정한 큰아버지에게 맡겨진다. 아이를 키워본 경험이 없는 큰어머니와 고지식하고 쌀쌀맞은 큰아버지 밑에서 제대로 된 보살핌을 받지 못하던 필립은 책 속에서 위안을 얻는다. 큰아버지는 필립을 킹즈 스쿨 기숙학교로 보내는데, 이곳에서 필립은 다리를 절며 걷는 것 때문에 아이들에게 놀림을 당하고 교사에게도 부당한 대우를 받으며 열등감과 외로움을 겪는다. 장애와 민감한 성격 때문에 다른 학생들과 잘 어울리지 못하고 우울하고 지루한 학교생활을 하던 필립은, 성직자가 되기를 희망하는 큰아버지와 교장의 기대를 물리치고 독일 하이델베르크로 유학을 고집하며 학교를 그만둔다.

내성적이고 자의식이 강했던 필립은 하이델베르크에서 다양한 사람을 만나면서 종교와 신앙의 속박에서 벗어나 젊음을 즐기며 삶에 대한 애착도 갖기 시작한다. 본격적인 인생을 살아보고자 영국으로 돌아온 필립은 런던에서 공인회계사 도제 수업을 받기도 하지만 얼마 가지 못해 숫자와 씨름하는 일에 지겨움을 느낀다. 마침 자신에게 그림 그리는 재주가 있다는 것을 발견한 필립은 큰아버지의 만류를 뿌리치고 파리로 가서 그림을 배우기로 한다. 파리에서 그림을 배우며 많은 예술가 지망생들과 보헤미안적 생활을 즐기던 필립은 결국 자신에게 화가의 재능이 없다는 사실을 확인하고 예술가의 길을 포기한다. 영국에 돌아온 필립은 부모님께 물려받은 유산을 다 써버리기 전에 직업을 찾아야 한다는 생각으로 뒤늦은 나이에 의학 공부를 시작한다.

의학 공부를 하던 중 필립은 단골 음식점에서 일하는 밀드레드라는 여종업원을 사랑하게 된다. 밀드레드는 필립의 호의와 헌신을 이용해 자신의 이익을 채우는 속물적이고 이기적인 사람이다. 필립은 밀드레드에게 여러 번 배신당하고 휘둘리면서도, 또 자신을 있는 그대로 인정하고 지지해 주는 여인이 있었음에도, 사랑받는 것보다 사랑하는 것이 더 중요하다는 생각으로 밀드레드에게 집착한다. 그러나 밀드레드는 필립을 떠나 다른 남자와 결혼해 아이를 갖게 되었으나 남자로부터 버림받고 다시 필립에게 돌아온다. 밀드레드는 한동안 필립에게 잘해주었으나 얼마 가지 않아 필립의 친구와 사랑에 빠져 필립을 버렸다가 또다시 되돌아온다. 밀드레드와 우여곡절을 겪으며 경제적으로 어려워진 필립은 얼마 남지 않은 유산을 전부 주식에 투자했다가 몽땅 날린다. 빈털터리가 되고 학업도 중단해야 하는 신세가 되어서야 마침내 필립과 밀드레드와의 관계도 끝을 맺는다.

의학 공부를 하던 때 필립의 환자였던 애설리 가족의 도움으로 백화점 의류가게 점원이 되어 겨우 생계를 유지하던 필립은, 마침 큰아버지가 죽으면서 남겨준 유산으로 의학 공부를 계속하게 되었고 결국 의사면허증을 딴다. 의사가 된 필립은 선상 의사가 되어 세계 여러 나라를 둘러보고 싶다는 꿈에 부풀지만, 애설리의 큰딸 샐리가 자신을 오래전부터 사랑해 왔다는 것을 알고는 그녀와 결혼한다. 그렇게 필립은 시골 마을 의사로 평범하지만 행복한 인생을 살아가겠다고 결심한다.

《인간의 굴레》는 서머싯 몸이 밝혔듯 자전적 성장소설이다. 그렇기에 주인공 필립의 삶의 궤적이나 생각들이 서머싯 몸과 아주 닮아 있다. 필립이 절름발이라면 서머싯 몸은 어린 시절 심한 말더듬증으로 많은 놀림을 받았다. 그는 이 소설의 머리말에 직접 이렇게 썼다.

> 그때 나는 가장 인기 있는 극작가로 자리를 잡았는데, 문득 지난 삶에 대한 수많은 기억들이 나를 짓누르기 시작했다. 그 기억들이 늘 나를 쫓아다녔다. 잠잘 때, 길을 걸을 때, 리허설을 할 때, 파티장에서…… 정말 끈질기게도 나를 쫓아다녔다. 그 기억들은 엄청난 짐이 되었고, 결국 나는 그 기억들에서 벗어나는 방법이 한 가지뿐이라고 결론 내렸다. 그것들을 모두 다 종이 위에 적는 것이었다. 서른일곱 살 때였다.

서머싯 몸의 자전적 에세이 《서밍 업》에도 "나는 견딜 수 없는 그 무엇에서 나를 해방하기 위해 이 작품을 썼다. 그리고 바라던 성과를 얻었다. 교정을 끝냈을 때 나는 온갖 망령들이 전부 무릎을 꿇었다는 것을 알았다."라는 고백을 남겼다.

《인간의 굴레》는 꽤 긴 장편소설로, 청소년이 읽어내기가 쉽지 않은 작품이다. 그러나 서머싯 몸의 작품 세계를 이해하는 데 필수적인 작품이기도 하다. 왜냐하면 이후 서머싯 몸의 주요 작품에 등장하는 인물과 갈등, 핵심 주제들이 모두 이 작품에 담겨 있기 때문이다. 작품 속에서 스치듯 언급된, 주식중개인을 하다 중년에 그림을 시작했다는 기인의 이야기는 《달과 6펜스》로 형상화되었고, 필립과 밀드레드의 관계는 《인생의 베일》에서 남녀 주인공의 관계로 변주된다. 또 필립에게 페르시아 양탄자 조각을 주며 스스로 찾지 않는 한 인생의 해답을 얻을 수 없다던 크런쇼의 말은《면도날》의 주인공을 통해 실천으로 이어진다. 또 서머싯 몸이 80세 때 호화 양장본으로 재출간해 각별한 애착을 드러낸《케이크와 맥주》는《인간의 굴레》의 후속편이라 할 수 있다.《인간의 굴레》가 인간의 내적 굴레에 대해 다루었다면《케이크와 맥주》는 인간을 둘러싼 외적 구속에 대한 이야기를 다루고 있다.

1. 필립이 마주한 청춘

필립은 동방의 어떤 임금 얘기가 생각났다. 인간의 역사를 알고 싶었던 이 임금은 한 현자를 시켜 500권의 책을 가져오게 했다. 나랏일로 바빴던 임금은 책들을 간단히 요약해 오라고 했다. 20년 후 현자가 돌아와 50권으로 줄인 역사책을 내어놓았다. 하지만 임금은 이제 너무 늙어 그 수많은 묵직한 책을 도저히 읽을 수 없어 그것을 다시 줄여오도록 명령했다. 또 20년이 흘렀다. 늙어 백발이 된 현자가 임금이 원한 지식을 한 권의 책으로 줄여 가지고 왔다. 하지만 임금은 병상에 누워 죽어가고 있었다. 한 권의 책마저 읽을 수가 없었다. 그러자 현자는 임금에게 사람의 역사를 단 한 줄로 줄여 말해주었다. 그것은 이러했다.

동방의 현자는 인간의 역사 혹은 한 사람의 인생을 단 한 줄로 줄여서 뭐라고 말했을까? 그게 가능하기는 할까? 그 답을 듣기에 앞서 소설 속 주인공인 필립의 인생부터 살펴보자.

필립은 인생 초반부터 두 가지 난관에 놓인다. 하나는 어려서 부모를 모두 잃고 고아가 되었다는 것. 또 하나는 태어나면서부터 절름발이라는 것. 두 가지 다 만만치 않은 시련이다. 인간은 독립된 개체로 성장하기까지 어떤 동물보다 긴 돌봄이 필요하다. 일찍 부모를 잃는다는 것은 강력한 보호막이 없다는 뜻이고, 세상을 홀로 감당해야 한다는 의미다. 그러나 다행스럽게도 필립에게는 큰아버지가 있었다.

어쩌면 필립에게 부모를 일찍 여읜 것보다 인생의 더 큰 짐은 절름발이라는 장애일 것이다. 이것은 자신의 잘못이 아니다. 물론 부모의 죽음도 자신의 잘못이 아니지만, 자식이 독립할 때까지만 요구되는 부모의 돌봄에 비해 장애는 죽을 때까지 짊어지고 가야 하는 짐이다. 설령 부모가 살아 있다 하더라도 대신해 줄 수 없다는 점에서 더 가혹하다.

런던 외각, 블랙스터블이라는 곳의 관할사제인 필립의 큰아버지는 고지식하고 냉정하며 이기적인 사람이다. 큰어머니는 자식이 없어 아이를 키워본 경험이 없었는데, 속정은 깊었으나 무뚝뚝하고 필립을 돌보는 데 서툴렀다. 두 사람은 필립이 성직자가 되기를 바라며 캔터베리의 킹즈스쿨 기숙학교에 보낸다. 큰아버지,

큰어머니와 거리를 두며 인생의 괴로움에서 벗어날 피난처를 책에서 찾았던 필립에게 본격적인 세상살이가 시작된다. 그의 인생살이는 세상으로 자연스럽게 편입되는 과정이 아니라 절름발이에 대한 세상의 비웃음에 맞서 홀로 힘겹게 절룩거리며 독립된 자아를 만들어가는 과정이었다.

> 필립은 불구의 발로 인해 조롱당하며 순진한 유년을 거쳐 쓰라린 자의식을 가진 청년으로 성장하게 되었다. …… 수줍은 성격 밑 저 안에서 무언가가 자라고 있었다. 필립은 그것이 자신의 개성임을 깨달았다.

그러나 성장은 직선적이지 않다. 성장은 우왕좌왕하고 전진과 후퇴를 반복하며 겨우 나아가는 것이 본모습에 가깝다. 또 성장은 한없이 더디고 또 쓸데없이 고되며 생각만큼 아름답지 않다. 사정이 이러하니 이것을 지켜보는 어른들이 한마디 안 할 수 없다. 안타까워서이기도 하고 참견하기 좋아해서이기도 한데, 이것이 어른들의 잔소리가 없어지지 않는 이유이다. 자신이 어릴 때 어른들의 충고를 귀담아듣지 않은 경험을 떠올려보면 잔소리가 무용지물이라는 것을 금방 알 것이다. 또 인간의 역사를 들여다보기만 해도, 앞선 세대들의 조언이 뒤따른 세대들에게 통했다면 인류가 진즉에 유토피아를 이루었어야 함에도 그렇지 못한 현실을 확인할 수 있을 것이다. 필립은 끊임없이 자신이 절룩거리는 것을 놀려대는 친구들과, 발을 온전하게 고쳐달라는 자신의 간절한 기도를 외면한 신과, 교묘한 계략으로 자신을 꽁꽁 매어두려는 교장을 뒤로 하고 학교를 그만둔다. 이때 필립의 나이는 열아홉이었다.

한 학기만 견디면 졸업할 수 있고, 성적도 좋아 대학 장학금도 받을 수 있는데 그만두다니……. 이런 필립에게 하고 싶은 말이 마구 샘솟지 않는가? 영국의 극작가인 버나드 쇼는 이렇게 말했다. "청춘은 청춘에게 주기엔 너무 아깝다." 나이 든 사람이 보기에 젊은이들의 행동은 어딘지 허술하고, 그들의 선택은 어딘가 모자라 보이며, 아무튼 총체적으로 시간을 허비하는 것처럼 보인다. 그럼에도 청춘은 청춘에게만 주어진다. 이제 필립이 소비하는 청춘을 따라가 보자.

학교를 그만둔 필립은 외국어도 공부할 겸 독일 하이델베르크에서 하숙을 하기로 한다. 이래라저래라 하는 사람 없이 아무 때나 자고 아무 때나 일어나며 마냥 신나게 자유로운 생활을 하게 된 필립은 다양한 사람들과 만나며 문학과 교양, 성(性)에 대해 알게 된다. 하이델베르크를 떠날 때쯤, 그는 태생적 조건과 같았던 신앙을 버린다.

그는 어린 시절의 신앙을 간단히 벗어던져 버렸다. 마치 몸에 맞지 않게 된 외투처럼. 비록 깨닫지는 못했지만 신앙이 오랫동안 그를 지탱

해 왔었는데, 그것을 버리고 나자, 처음에는 삶이 낯설고 외롭게 보였다. 지팡이에 의지해 오던 사람이 갑자기 지팡이 없이 걷게 된 기분이었다. 낮은 더 춥고, 밤은 더 외롭게 느껴졌다. 하지만 벅찬 감격이 그를 버티게 해주었다. 삶이 더 아슬아슬한 모험으로 여겨졌다.

필립은 진짜 인생을 살고 싶다는 마음으로 하이델베르크에서 돌아와 런던에서 견습료를 내고 공인회계사 도제 수업을 받는다. 그러나 이것도 잠시. 1년 만에 숫자나 적는 서기 나부랭이 일에 지긋지긋해진 필립은 파리로 가서 그림을 그리고 싶어 한다.

그래, 한번 해보는 거야. 인생의 가치란 위험을 무릅쓴다는 데 있지 않겠어.

파리에서 그림을 배우고 개성 강한 친구들을 사귀며 자신이 가졌던 생각들이 깨지기도 하고 새로운 의견에 반발하기도 한다. 새로운 삶의 양식에 매혹되기도 하고 실망하기도 하면서 길을 찾아가던 필립은 결국 자신이 손재주 정도는 있지만 그림에 대한 재능이 없음을 확인한다. 이때 마침 큰어머니가 돌아가셨다는 소식을 받고 2년간의 파리 생활을 청산하고 블랙스터블로 돌아온다.

나이 든 사람들이 젊어서 일찍 깨닫기를 바랐던 그 모든 것들이란, 그래서 잔소리의 주요 레퍼토리가 되는 인생의 교훈들이란 결국 시간을 들여 직접 경험해 봐야 얻을 수 있는 것들일지도 모른다. 자신이 직접 살아보지 않으면 다른 사람들이 아무리 얘기해 봐야 소용없다. 인디언들의 삶의 지혜를 담은 소설《내 영혼의 따뜻했던 날들》에 이런 일화가 나온다.

'작은 나무'는 할머니 심부름을 하고 받은 푼돈을 모아 시장에서 빨갛고 파란 사탕상자를 사고 싶어 했다. 어느 날 시장에 나가 보니 그 돈으로 송아지를 팔겠다는 사람이 있어 모은 돈을 전부 주고 산다. 그러나 그 송아지는 곧 죽을 송아지여서 집으로 끌고 오는 길에 그만 죽고 만다. 이 모든 과정을 옆에서 가만히 지켜보던 할아버지가 작은 나무에게 말한다.

"자, 봐라, 작은 나무야. 네가 하는 대로 내버려둘 수밖에 달리 방법이 없었단다. 만약 내가 그 송아지를 못 사게 막았더라면 너는 언제까지나 그걸 아쉬워했겠지. 그렇지 않고 너더러 사라고 했으면 송아지가 죽은 걸 내 탓으로 돌렸을 테고. 직접 해보고 깨닫는 것 말고는 방법이 없었어."

인생은 남의 말로 살아지는 게 아니라 내 몸과 마음으로 살아내는 것이다. 우리의 청춘 또한 그렇다. 머리로 아는 것과 남에게 듣는 말로 청춘은 채워지지 않으며, 실수투성이 열정으로 차고 넘쳐야 청춘은 흘러갈 수 있다. 결국에는 10년 전이나 20년 전에 아버지가 화내며 내뱉던 말, 어머니가 한숨 쉬며 읊조린 말들을 자신도 똑같이 누군가에게 하고 있을지라도, 지금은 어쩔 수 없다.

간섭하는 큰아버지에게 빨리 스물한 살이 되어 법적으로 독립하고 싶다던 필립은 이제 스물한 살도 훌쩍 넘겨 20대 중반으로 접어든다. 그는 아직 청춘인가? 청춘은 어느 특정 나이대를 가리키는 물리적 시간이 아니라 방황을 통해 자신만의 생각과 자신만의 삶의 태도를 가지게 될 때 비로소 끝나는 정신적 차원의 시간이다. 그래서 개중에는 철든 아이도 있고 철없는 어른도 있는 것이다. 다시 말해, 철이 들면 청춘은 끝나게 되고 성숙한 개인이자 어른의 삶을 드디어 살게 된다. 직장도 없고 경제적 자립도 안 된, 겨우 아버지가 물려준 작은 유산으로 생활하는 필립에겐 통과할 관문이 아직 더 남았다. 그의 청춘은 아직 미완이다.

청춘을 청춘에게 주기 아깝다고 말했던 버나드 쇼의 묘비명은 "우물쭈물하다 내 이럴 줄 알았다."이다. 청춘은 허비해도 괜찮고 실수할 특권이 있다지만 그다음 인생마저 어영부영 흐지부지 보낸다면 어느 날 갑자기 혹은 눈 깜짝할 새 어느덧 죽음을 눈앞에 둘 수도 있다. 청춘은 일생에 한 번이지만 청춘이 인생의 다는 아니다. 청춘이 지나도 인생은 계속되고 계속되는 인생은 앞서 허비한 청춘의 결과에 따라 궤적을 달리하며 전개된다. 그러므로 청춘은 공짜이지만 청춘 이후 인생은 공짜가 아니라는 것을 명심할 필요가 있다.

영화 〈빠삐용〉(1973)에서 살인 누명을 쓰고 억울하게 종신형을 받은 주인공이 악몽을 꾼다. 사막의 뜨거운 햇볕을 받고 걸어온 사내와 그 앞에 죽 늘어선 재판관과 배심원들 사이에 이런 대화가 오간다.

"넌 유죄야."

"도대체 내가 무슨 죄를 지었단 말입니까?"

"인생을 낭비한 죄!"

이 글의 맨 처음으로 돌아가 보자. 동방의 임금에게 인간의 역사와 사람의 인생을 단 한 줄로 줄인 현자의 말은 무엇이었을까? 그것은 이러했다. "사람은 태어나서, 고생하다, 죽는다." 너무나 당연하고 너무나 단순해서 화가 날 정도이다. 그럼에도 이 사실을 깨닫고 받아들이는 것이야말로 온 청춘을 허비해서라도 얻어야 할 단 하나의 명제라고 생각한다. 그 이유는 뒤에서 말하기로 하겠다.

2. 사랑하기와 사랑받기

신대륙 발견 이후 지구상에 남아 있는 마지막 미지의 세계는 인간의 정신과 심리였다. 우리 속담 '열 길 물 속은 알아도 한 길 사람

속은 모른다.'에서 그 '사람 속'. 사람의 정신과 심리에 대한 관심을 학문으로까지 발전시킨 것은 프로이트였다. 그는 "사랑하고 일하라. 일하고 사랑하라. 그것이 삶의 전부이다."라고 했다. 이때 일은 사회에서 공적으로 인정하는 어떤 역할을 수행함으로써 생계의 수단을 마련하는 것이며, 사랑은 부모와 자식, 형제자매, 친구와 애인 등 개인이 사적으로 맺는 관계를 통틀어 말하는 것이리라. 일도 단순히 돈벌이 수단으로서의 직업에서 자신의 목숨을 걸고 추구하는 사명까지, 일에 임하는 자세에 따라 나눌 수 있고, 사랑도 짝사랑, 내리사랑, 하룻밤 사랑, 아가페적 사랑 등 한 가지로 정의 내릴 수 없을 만큼 다양한 모습을 띤다.

이제 필립의 사랑을 살펴보자.

첫사랑, 윌킨슨

필립의 첫사랑 상대는 베를린에서 큰아버지 댁에 휴가차 놀러 온 미스 윌킨슨. 필립은 하이델베르크에서 돌아와 런던에 회계 공부를 하러 가기 전에 잠깐 그녀를 만난다. 미스 윌킨슨은 필립보다 꽤 나이가 많지만 짙은 화장과 화려한 옷 때문에 실제 나이를 가늠하기 어려웠다.

미스 윌킨슨이 이상적인 상대도 아니었다. …… 그렇긴 하지만, 몰래 정을 통한다는 것은 역시 기막히게 기분 좋은 일이었다. 정복자가 누릴 당당한 자랑스러움을 생각하니 가슴이 떨려왔다. 어떻게든 여자의 마음을 사로잡지 않으면 안 된다. 그는 미스 윌킨슨에게 키스하기로 마음먹었다.

첫사랑이 실패하는 것은 흔히 예견되는 일이다. 왜 그럴까? 대체로 첫사랑은 상대를 열렬히 사랑하기보다는 사랑에 대한 욕구를 채우려는 마음이 크기 때문이다. 즉 사람을 사랑하는 게 아니라 욕망을 사랑하는 것이다. 필립은 윌킨슨을 사랑한다기보다 그저 사랑에 빠진 사람 역할을 하고 싶었던 것이다. 그러니 상대가 자신의 연기에 장단을 맞춰주는 사람이기만 하면 누구라도 상관없다. 이런 사랑놀이가 오래갈 리가 있겠는가? 첫사랑은 사소한 일로 급작스레 파국을 맞이하곤 한다. 필립도 윌킨슨이 자신에게 홀딱 빠진 것에서 정복자의 자랑스러움, 지나가는 사람들보다 잘난 기분을 즐겼을 뿐이다. 막상 로맨스의 환상이 식고 현실이 드러나자 윌킨슨이 추해 보였고, 그런 여자와 관계를 맺은 것이 후회되고 끔찍할 끔찍했다. 필립은 이러한 파국이 자신의 환상과 욕심 때문이었으며 상대를 있는 그대로 사랑하지 못한 결과였다는 걸 알지 못했다.

사랑받았던 여자, 노라

가정적인 성격인 그녀는 필립의 건강을 돌보고 속옷을 챙기는 데서 즐거움을 느꼈다. 필립이 민감하게 반응하는 불구의 발을 측은하게 여겼고 그 마음은 자연히 다정함으로 나타났다. …… 그녀는 필립이 좋았다. 무엇보다 필립은 필립이었기 때문에 좋았다.

필립은 그녀를 사랑한다고는 할 수 없었다. 상대방이 더없이 좋고 같이 있으면 즐거웠으며, 이야기를 나누면 재미있고 흥미로웠다.

노라는 싸구려 소설을 쓰면서 가난하지만 행복하게 사는 낭만적인 여성이다. 그녀는 필립을 연인으로 생각하지만 필립은 노라를 지금까지 사귄 친구들 가운데 가장 멋진 친구로 대한다. 두 사람의 관계는 매우 친근하나 감정의 종류가 다르다. 연인 사이라 하더라도 서로가 똑같은 정도로 사랑하는 것은 아니어서 늘 어느 한 쪽의 사랑이 더 무겁기 마련이다. 그런데 늘 더 많이 사랑하는 쪽이 약자가 되어 겉으로 표현하기 어려운 마음의 고통을 겪는다. 때론 질투도 하고 때론 자존심이 상하기도 하지만 감내해야 하고, 그러다가 그런 자신을 경멸하기도 한다.

필립은 노라의 사랑이 한없이 고맙고 자랑스러웠지만 결국 노라를 거절한다. 왜냐하면 노라를 만나기 전에 자신이 미친 듯 쫓아다녔던 밀드레드가 돌아왔기 때문이다. 그러면서 필립은 '역시 중요한 것은 사랑을 받는 것보다 사랑을 하는 것'이라고 생각한다. 노라와 함께 한나절을 보내기보다는 단 10분이라도 밀드레드와 같이 있고 싶어 한다.

사랑의 삼각형 이론

사랑은 한 가지 모습을 띠지 않는다. 사람마다 사랑하는 방식은 다 다르다. '사랑의 삼각형 이론'이란 게 있다. 미국의 뇌신경과학자이자 인지심리학자인 로버트 스턴버그가 만든 이론이다. 그는 사랑을 구성하는 세 가지 요소를 '친밀감(intimacy), 열정(passion), 헌신(commitment)'이라고 했다. '친밀감'은 서로 가깝게 연결되어 있다는 따뜻한 감정이다. 친밀감은 함께 지낸 시간에 비례하여 서서히 증가하고 어느 시점이 지나면 일정 상태로 유지되며, 사라질 때도 서서히 사라진다. 오랜 시간 사귄 친구나 한평생 같이한 배우자를 잊지 못하는 것은 친밀했기 때문이다. '열정'은 신체적 매력이나 성적 몰입 등 뜨거운 욕망에 해당한다. 쉽게 타올랐다가 또 쉽게 꺼지지만 행동을 유발하는 강력한 힘을 가지고 있다. 그래서 열정만 있는 사람은 상대를 끊임없이 바꾼다. '헌신'은 인지적 요인으로 책임감을 포함한다. 누군가를 사랑하기로 했다면 그 사람을 위해 헌신하겠다는 결심과 의지가 뒤따른다. 헌신이 빠지면 무책임한 사랑이 된다. 대체로 친밀감, 열정, 헌신을 각각 인간 정신과 행동을 지배하는 세 가지 영역, 즉 정서와 본능, 이성과 연결해도 무방하다. 이 세 가지 요소의 있고 없음, 많고 적음에 따라 다양한 사랑의 유형이 결정된다.

친밀감만 있으면 그건 '좋아함'이고, 정열만 있으면 '도취적 사랑'이며, 헌신만 있으면 '공허한 사랑'이다. 친밀감과 정열은 있으나 헌신이 빠지면 '낭만적 사랑'인데, 여기에 헌신이 추가되지 않는 이상 결혼으로 연결되기 어렵다. 친밀감과 헌신은 있으나 정열이 없을 땐 '우애적 사랑'이다. 흔히 오랜 친구처럼 지내다 연인으로 발전한 경우가 대체로 그렇다. 정열과 헌신은 있으나 친밀감이 없을 땐 '얼빠진 사랑'이다. 짝사랑 같은 경우가 이에 해당한다. 세 가지 요소 중 무엇이 먼저냐는 중요하지 않다. 세 가지 요소가 꼬리에 꼬리를 물고 상호작용하기 때문이다. 대신 세 가지 요소의 비중이 어떠하냐는 중요하다. 그 비중에 따라 삼각형의 모양과 크기가 결정되기 때문이다. 세 가지 요소가 모두 적절하게 균형을 맞추면 정삼각형에 가까울 것이고 이것은 성숙한 사랑을 의미한다.

이 사랑의 삼각형 이론으로 필립의 사랑을 분석해 보면 노라에 대한 사랑은 우애적 사랑에 가깝다. 필립은 노라에게서 고마움을 느끼지만 밀드레드를 격정적으로 쫓아다닐 때 느꼈던 기이한 활력과 야릇한 힘, 맹렬하고 압도당할 만큼 강렬한 느낌을 받지 못한다. 이것이 필립이 노라와 행복해지고 싶기보다 차라리 밀드레드와 불행해지는 것을 택한 이유이다. 반대로 앞으로 살펴볼 밀드레드와 필립의 사랑은 필립의 과도한 열정 추구와 밀드레드의 열정 없음과 헌신 부족이 빚어낸 비극이라 할 수 있겠다.

사랑했던 여자, 밀드레드

밀드레드는 필립이 그림을 포기하고 파리에서 돌아와 의사가 되기 위해 의학 공부를 할 때 만난 찻집 종업원이다. 필립은 자신을 냉대하는 종업원에게 자존심이 상해 앙갚음하고 싶은 마음으로 만났다가 그만 그녀에게 빠져든다. 밀드레드는 좋아서라기보다 마치 호의나 선심 베풀 듯 필립을 만나준다.

"어때요, 재미있었어요?"

"괜찮았어요."

"언제 또 한번 구경 갑시다."

"난 상관없어요."

"가도 그만, 안 가도 그만이라는 뜻으로 들리는데요."

"그야, 당신이 안 데려가면 딴사람이 데려갈 테니까요. 극장 구경시켜 줄 사람은 얼마든지 있어요."

"시간이 늦어서 바래다주고 싶었는데, 괜찮겠어요?"

"아, 그러시고 싶으면 그러세요."

필립은 천박하다고 생각하는 뮤지컬을 밀드레드는 배꼽을 잡고 웃어대며 아주 재미있게 보고 나서 나누는 대화이다. 밀드레드는 필립의 불구를 혐오스럽게 생각하고, 같이 걸을 때 그를 눈곱만치도 배려하지 않으며, 늘 정신이 텅 빈 것 같은 말만 되풀이하는 데다 건방졌다. 그래서 끊임없이 필립을 비참하게 만들었다.

필립은 밀드레드에 대해서 정확하게 알고 있다. 그녀는 재미있지도 영리하지도 않고, 상대에게 상처를 주고 있으면서도 그것을 알아차릴 머리가 없으며, 상냥하지도 부드럽지도 않다. 또 순진한 사람을 속여먹고 기분 좋아하며, 실속 챙기는 쪽으로만 천박한 꾀가 많고 제 잇속만 챙긴다. 필립은 이런 여자를 사랑하는 자신이 혐오스럽고 경멸스러웠다. 그래도 어쩔 도리가 없었다. 사슬처럼 자기를 꼼짝 못 하게 하는 열병에 사로잡혀 있었기 때문이다. 사랑의 열병에 관한 한 그동안 그가 세워놓은 인생철학이나 위인들의 사상도 아무 쓸모가 없었다. 오히려 필립은 그녀의 무관심에 불안해하지 않고 냉정한 태도에도 짜증을 내지 않으려고 애썼다. 자기가 그녀를 따분하게 만드는 점을 반성하고 연예 잡지도 열심히 읽었다. 그러다 보니 공부는 뒷전이고 해부학 시험에도 계속 떨어졌다.

어느 날 필립은 밀드레드에게 그녀 없이는 못 살겠다며 청혼하지만, 밀드레드는 현실적인 문제와 자신의 처지가 지금보다 나아질 보장이 없다는 이유로 청혼을 거절한다. 결국 밀드레드는 찻집에 와서 시시껄렁한 얘기로 그녀를 즐겁게 해주고 돈을 꽤 잘 번다는 남자와 결혼한다. 이미 그녀 때문에 고통스럽고 지칠 대로 지쳤던 필립에겐 오히려 다행스러운 일이었다.

그렇다면 왜 필립은 사랑받기보다 사랑하기를 택한 것일까? 절름발이로 살아오면서 늘 고독했던 그가 아니었던가? 그는 남들이 마음껏 사랑을 할 수 있다는 사실에 질투심이 났다. 같은 입장이 되어 같은 기분을 느껴보고 싶었다. '저들은 행복한데 나는 비참하구나.' 하는 생각이 들면 부러움이 증오로 변하기도 했다. 격정의 포로가 되어보고 싶었고, 격정의 거센 힘에 휩쓸려 어디로든 하염없이 흘러가 보고 싶었다. 그가 바라는 것을 주지 않는 삶에 굴복하느니 차라리 스스로 찾고 싶었는지도 모른다. 욕망은 누른다고 없어지지 않는다. 억누른 욕망은 어떤 식으로든 더 크게 표출된다. 욕망을 떨쳐내는 방법은 그것이 헛된 것이라는 것을 알 때까지 쫓아가 보는 방법밖에 없으리라.

밀드레드가 돌아왔다. 그녀는 사기 결혼을 당한 것이었다. 기혼자인 데다가 자식도 셋이나 있는 남자의 새빨간 거짓말에 속아 결혼했던 것이다. 밀드레드가 임신을 했다고 하자 남자는 그녀를 버렸다. 돌아갈 곳이 없는 그녀는 항상 잘해준 필립에게 기대려고 찾아온 것이다. 그녀가 돌아온 순간, 필립은 아직도 그녀를 사랑하고 있다는 걸 깨닫는다. 밀드레드는 돌아오고 나서 얼마간은 필립에게 다정했다. 그러더니 곧 필립이 베푸는 모든 것을 아주 당연한 듯이 받아들였다. 그러다 또 그녀는 잘생기고 매력적이며 타고난 이야기꾼에 바람둥이인 필립의 친구 그리피스와 눈이 맞아 필립을 배신하고 만다.

"나는 한 번도 당신을 좋아한 적이 없어요. 당신이 계속 사귀자고 하니까 억지로 사귄 거예요. 당신이랑 키스하는 건 정말이지 싫었어요. 이제부터는 절대로 나에게 손대게 하지 않을 거예요. 굶어 죽는 일이 있더라도."

그제야 필립은 깨닫는다. 밀드레드가 억지로 자기를 사랑하도록 만들려 했던 것은 불가능한 시도였음을. 자신의 지성이 매력적인 남성성에 비해 보잘것없는 것이었음을. 그러함에도 필립은 이 불행이 시간이 지나면 극복될 수 있다고 생각했고, 자신의 어리석음에 대해 허허롭게 웃을 수 있게 되었다. 그래서 마침내 필립에게 밀드레드는 런던의 저 수많은 익명의 사람들 무리 속으로 사라져버리고 말았다. 이 지독한 사랑을 통해 그가 깨달은 사랑은 과연 어떤 모습일까?

3. 인생, 승리보다 더 나은 패배

이 소설은 "희끄무레하게 날이 밝았다."라는 문장으로 시작해 "햇빛이 빛나고 있었다."라는 문장으로 끝난다. 해 뜨기 직전의 새벽부터 해가 완전히 떠 환해지는 아침까지, 그사이에 우리는 잠에서 깨어나 기지개를 켜고 잠자리를 정리하고 세수를 하며 아침을 먹고 세상살이를 시작할 준비를 한다. 사람의 한평생을 하루로 환산해 보자. 한국인 평균 수명 83.6세(2021년 기준)를 24시간으로 나누면 1시간은 3.48세 정도이다. 소설이 끝날 무렵 필립의 나이 서른 삶은 자정부터 치면 오전 8시 35분쯤 된다. 그러니까 이 소설은 필립이 새벽에 눈을 떠서 집을 나와 당당하게 세상에 나서기까지의 얘기를 다룬 것으로 볼 수도 있겠다. 그가 살아갈 인생은 이제 시작인 셈이다.

앞에서 필립의 일과 사랑을 살펴보았다. 그는 성직자, 회계사, 화가를 거쳐 의사라는 일을 택했고, 그의 사랑은 미스 윌킨슨과 노라, 밀드레드를 거쳐 종착점에 이른 듯하다. 이런 과정을 통해 그가 얻은 인생의 가치는 무엇이고, 삶을 마주하는 자세나 태도는 어떻게 달라졌을까? 몇 가지 질문을 따라가며 그 답을 찾아보자.

감정은 힘이 센가?

감정은 힘이 세다. 그것도 매우 세다. 이 소설의 제목 '인간의 굴레'는 철학자 스피노자(1632-1677)의 《에티카(윤리학)》 4부의 제목 '인간의 예속 또는 감정의 힘에 관하여'에서 따왔다.

스피노자는 자유인과 노예를 구분하는 기준으로 이성과 감정을 들었다. 같은 책 5부의 제목이 '지성의 능력 또는 인간의 자유에 관하여'인 것을 보면 스피노자는 지성(이성)과 자유, 감정과 노예를 연결시키고 있다. 자유인은 이성적이고 노예는 감정에 예속되는 경향이 강하다는 말이다.

가벼운 감정에도 바람결의 낙엽처럼 이리저리 휩쓸리고, 격정에 사로

잡히면 한없이 무력해진다. …… 그는 어떻게 해야 할지를 생각하지만, 막상 행동하려 할 때는 본능과 감정, 알 수 없는 어떤 힘에 사로잡혀 무력해졌다. 마치 그는 환경과 성격이라는 두 개의 힘에 조종당하는 기계처럼 행동했다.

소설 속에서 필립을 묘사하는 장면 가운데 일부이다. 의식적인 생각과 무의식적인 느낌, 차분하게 반성하는 이성과 열정적으로 몰입하는 감정, 생각하며 사는 것과 사는 대로 느끼는 것. 성격이 다른 이 두 가지 상태를 인간은 아주 오래전부터 구분해 왔고 충고가 될 만한 말들을 많이 해왔다.

- 인간의 일생은 그 인간이 생각한 대로 된다. (아우렐리우스)
- 생각하는 것은 쉬운 일이다. 행동하는 것은 어려운 일이다. 생각한 대로 행동하는 것은 더욱 어려운 일이다. (괴테)
- 생각하는 대로 살지 않으면 결국에는 사는 대로 생각하게 된다. (폴 부르제)

미국의 사회심리학자이자 대학교수인 조너선 하이트는 현대 뇌과학을 바탕으로 감정과 이성의 관계를 코끼리와 기수(騎手)에 비유한다. 언뜻 보면 고삐를 쥐고 있는 기수가 거대한 코끼리를 통제하는 것처럼 보이지만 기수와 코끼리가 가고자 하는 방향이 엇갈

릴 때 언제나 이기는 건 코끼리다. 기수의 뜻과 상관없이 코끼리는 자신이 가고 싶은 대로 갈 뿐이며, 기수는 뒤늦게 근거를 찾아 코끼리의 행동을 합리화하는 게 고작이다. 이와 관련한 필립의 생각도 비슷하다.

> 사람은 어떤 알 수 없는 힘의 손에 놀아나, 이리하라면 이리하고 저리하라면 저리하는 꼭두각시와 같다. 그러한 행동을 정당화하기 위해 이성을 동원하기도 한다. 정당화가 불가능하면 이성 따위는 무시하고 행동해 버리고 만다.

그러나 감정은 나쁘고 이성은 좋다는 식으로 감정과 이성을 적대적인 관계로 생각해서는 인생 문제를 해결하는 데 도움이 되지 않는다. 감정과 이성은 둘 다 우리 정신을 구성하는 것들이기에 어느 하나를 버리면 그만큼 빈약해진다. 인간은 코끼리이자 기수이다. 둘은 각자 자기만의 강점과 능력을 가지고 있다. 만약 자기 삶에 변화를 가져오고 싶다면 코끼리와 기수를 모두 존중해 줘야 한다. 계획과 방향을 잡는 것은 기수에게, 그것을 실행할 열정은 코끼리에게 맡기면 이상적이다. 그러나 감정을 통제하고 이성과 조화를 이루도록 하는 것은 결코 쉽지 않다. "격정이 미쳐 날뛰면 이성의 고삐로 그 준동을 제어하라."(벤저민 프랭클린)라고 쉽게 말할 순 있어도, 말처럼 쉬웠다면 누군들 후회 없는 삶을 살지 않았겠는가?

감정은 매우 힘이 세다는 것을 아는 것은 시작에 불과하다. 그럼에도 이것조차 알지 못하면 자신의 일상과 그 일상이 쌓인 인생이 왜 이렇게 뜻하지 않게 굴러가는지 도무지 알 수 없을 것이다.

자유는 어떻게 가능한가? 무엇이 자유를 방해하는가?

이 소설에서 가장 많이 나오는 말은 아마도 '얼굴이 빨개진다'일 것이다. 이 말은 다채롭게 변주된다. '볼이 달아올랐다', '귀뿌리까지 빨개졌다', '얼굴이 붉어졌다', '얼굴이 새빨개졌다', '부끄러웠다' 등. 물론 얼굴이 빨개지는 사람은 주인공 필립이다.

얼굴은 나와 타인을 매개하는 간판이다. 우리는 얼굴로 자신을 알리기도 하고, 타인을 알아보고 구별하기도 한다. 얼굴에 다양한 표정까지 실어 더욱 화려한 간판으로 작동하게 된 까닭도 얼굴이 지표 노릇을 하기 때문일 것이다. 의도적으로 표정을 꾸밀 때도 있지만 속마음이 절로 얼굴에 드러나는 경우도 많아서, 눈치 빠른 사람은 말과 표정의 일치·불일치로 상대방의 신뢰도를 측정하기도 한다. 보통 나이가 들면 그때그때 주변 상황이나 요구되는 역할에 맞는 적당한 가면을 장착하면서 능글맞아진다. 이것을 본마음을 엉큼하게 숨기고 상대를 속이려는 나쁜 의도로만 볼 일은 아니다. 오히려 가면 전환이 제때 되지 않아 인생살이가 빽빽해지고 사람과의 관계가 꼬이며 불필요한 오해가 생길 수도 있다.

필립은 가면 전환이 잘 안 되는 사람이다. 조그만 자극에도 얼굴이 달아오르고 빨개져 자신의 불편한 마음이 드러난다. 자신이 무시당할 때, 무지가 드러날 때, 상대방 때문에 화가 날 때, 자기의 기형적인 발을 남들 앞에 내놓을 때, 수줍거나 부끄러울 때, 수치심과 굴욕감을 느낄 때……. 얼굴이 빨개지는 상황은 다양해도 이유를 캐고 캐면 딱 하나의 이유와 맞닥뜨린다. 바로 자의식 과잉. 자기 자신에 대한 과도한 집착은 타인과 쓸데없는 비교를 하게 만든다. 타인과의 비교에만 멈추는 게 아니다. 자신이 설정한 이상적인 모습과 끊임없이 비교할 수도 있다. 비교를 통해 자신이 열등하다고 느낄 때마다 타인에게 시기와 질투를 느끼거나 자신에게 스트레스를 유발하고 이것은 불만족 상태로 이어진다. 이후에는 악순환이다. 이것이 인간의 굴레이고 우리가 부자유한 이유이다.

청소년 때 '나는 누구인가?'라는 질문에 골몰하는 것은 자신의 정체성을 갖추기 위해 필요한 과제이지만, 때가 지났는데도 그런 문제에 집착하는 것은 바람직하지 않다. 내 인생의 주인공은 '나'가 맞지만 세상의 중심은 '나'가 아니기 때문이다. 세상이 어디 자기 뜻대로 굴러가던가?

자의식이 강한 사람은 타인의 시선에서 자유스럽지 못하며 그 부자유를 강요한 사람은 바로 자기 자신이다. 과도한 지아 몰입은 자유와 성장을 방해하는 장애물이다. 그리스 신화 속 나르키소스가 물에 비친 자기 얼굴에 반해 결국 물에 빠져 죽은 것처럼. 물리학자 아인슈타인은 "한 사람의 진정한 가치는 그 사람이 자아로부터 얼마나 자유로운지를 보면 알 수 있다."라고 했다. 그래서 필립의 다음과 같은 독백은 그가 성장했다는 증거로 읽힌다.

> 어렸을 적에는 얼굴 빨개지는 일이 참으로 견디기 어려운 괴로움이었지만 이제는 그것도 억제할 수 있게 되었다.

자아의 굴레에서 벗어난다는 것은 자기를 가볍게 하는 것이다. 부처님이 얘기했듯 '나'라는 것은 실체가 없는 것일지도 모른다. 실체가 아니므로 고정되어 있는 것도 아니고 변하지 않는 것도 아니다. 온갖 감각과 관념들이 순간적으로 이합집산해서 만들어내는 이미지가 '나'라는 것의 실상일 수도 있다. 그래서 자신을 좀 더 가볍게 여기면 오히려 자유로워질 수 있다. 나는 완전하지 않고 그렇기 때문에 항상 실패와 좌절, 상실을 경험할 수밖에 없다는 사실을 받아들이면 된다. 그러면 성공뿐 아니라 좌절에서도 자유로워진다. 자신의 부족함을 있는 그대로 인정하면 자신의 부족함 때문에 괴로워할 일이 줄어드는 것이다. 이것이 자유에 이르는 길이다.

> 처음으로 완전한 자유를 누리게 되는 셈이었다. 자기 존재의 무의미함이 오히려 힘을 느끼게 해주었다. 그가 무엇을 하고 안 하고는 이제 중요하지 않았다. 실패라는 것도 중요하지 않고 성공 역시 의미가 없다. …… 혼돈 속에서 허무의 비밀을 찾아냈으니 그는 전능자라 할

만했나. 그는 뿌듯한 만족감을 느끼며 길게 심호흡을 했다. 펄쩍펄쩍 뛰며 노래라도 부르고 싶었다.

자아의 굴레를 벗어난다는 것은 타인을 수용하는 것까지 포함한다. 자신에 대한 너그러움이 타인에 대한 너그러움으로까지 확대되지 않으면 절반의 완성일 뿐이다. 알프레드 아들러가 말했듯, 모든 고민은 인간관계에서 비롯하고 세상살이는 어떻게든 타인과 엮이게 마련이기 때문이다. 너도 나와 같이 한낱 인간이기에 나약할 수밖에 없음을 이해하고 너에게 필요한 보살핌을 주는 것, 부처님이 설파한 '연민(자비)'은 이러한 모습일 것이다.

자기에 대한 사랑에서 벗어나 타인에 대한 자리를 마련하고 그들을 있는 그대로 사랑할 때 '우리'가 탄생한다. 세상의 중심은 내가 아니라 바로 이 '우리'이다. 인생의 지혜는 직접 시행착오를 겪으며 힘겹게 얻어야 한다지만, 자아에 집착하면 타인의 조언과 충고가 한사코 들리지 않는 법이다. 혼자인 사람은 인류가 그동안 발견해 온 온갖 지혜를 몸소 깨치느라 악전고투한다. 스스로 깨닫는 뿌듯함은 있을지 몰라도 좀 더 멀리 갈 수 있는 기회를 놓친다. 자기 사랑에서 벗어나야 앞선 지혜들을 배울 수 있고 전할 수 있다. 내가 우리가 될 때, 나는 거인의 어깨 위에서 더 멀리 볼 수 있고 더 멀리 갈 수 있는 힘을 얻는다.

인간은 자유를 꿈꾼다. 애초 자유롭게 태어났다면 자유를 꿈꾸

지조차 않았을 것이다. 그래서 자유를 꿈꾸기 위한 조건은 역설적이게도 구속이고 부자유이다. 무한과 영원도 마찬가지다. 순간과 찰나를 살며 그것을 인식하는 존재만이 영원과 무한을 생각하고 꿈꿀 수 있다. 나약한 자만이 완전과 완벽을 꿈꿀 수 있다. 결핍은 꿈의 다른 이름이다. 그러나 이것을 알기 전까지 결핍은 꿈이 아니라 질곡이고 멍에이며 구속이다. 자신의 결핍을 알아채고 자신의 심연을 들여다보고 나서야 꿈은 우리를 이리저리 끌고 다니는 헛된 욕망이 아니라 우리를 해방시키는 진정한 자유가 된다.

> 지난날의 기나긴 여정을 되돌아보며 필립은 자신의 과거를 기꺼이 받아들였다. 삶을 그처럼 힘들게 만들었던 불구도 받아들였다. …… 필립은 그리피스의 배신을, 그에게 고통을 가져다준 밀드레드를 모두 용서할 수 있었다. 그네들도 어쩔 수 없었을 것이다. 우리에게 한 가지 분별 있는 태도가 있다면 그것은 사람의 좋은 점을 받아들이고 잘못은 참아내는 일뿐이다.

인생의 의미는 무엇이며, 인생을 어떻게 살아야 하는가?

소설 속 인물인 크런쇼는 파리 미술학도들에게 정신적 지주 같은 존재이다. 형편없는 그림 실력에 논평이나 쓰면서 입에 풀칠하는 술주정뱅이지만 놀라운 통찰력과 화려한 말솜씨로 청년들에게 지혜를 나눠주는 시인이다. 필립도 그에게 푹 빠진다. 크런쇼는 필립과의 대화에서 인생의 의미를 알려면 페르시아의 양탄자를 보라고 말한다. 이 수수께끼 같은 문제의 답은 스스로 발견하지 않으면 의미가 없다는 말과 함께. 훗날 페르시아의 양탄자가 의미하는 인생의 의미를 필립은 이렇게 정리한다.

직조공이 양탄자의 정교한 무늬를 짜면서 자신의 심미감을 충족하려는 목적 외에 다른 목적을 갖지 않았듯이, 사람도 그렇게 살 수 있을 것이다. 살아가면서 겪는 온갖 일들과 행위와 느낌과 생각들로써 그는 하나의 무늬를, 다시 말해 정연하거나 정교한, 복잡하거나 아름다운 무늬를 짤 수 있다. 아무런 의미도 없고, 아무것도 중요하지 않다는 생각을 배경으로 하여, 삶의 거대한 날실에 사람은 다양한 실 가닥을 선택하여 무늬를 짬으로서 자기만의 만족을 얻을 수 있을 것이다.

인생은 페르시아 양탄자의 기하학적 꽃무늬 같아서 현란하기는 하지만 아무런 의미도 없다. 이것이 인생의 의미에 대한 답이다. 과연 그럴까? 인생에 의미가 없다면 어떻게 사는 것이 좋을까? 인류의 가장 오래된 신화인 《길가메시 서사시》를 보면 영원한 생명을 얻기 위해 우트나피쉬팀을 찾아가는 길가메시를 여신 씨두리가 만류하는 장면이 나온다.*

"길가메쉬, 자신을 방황으로 몰고 있는 까닭은 무엇 때문인가요? 당신이 찾고 있는 영생은 발견할 수 없어요. 신들은 인간을 창조하면서 인간에게는 필멸의 삶을 배정했고, 자신들은 불멸의 삶을 가져갔지요. 길가메쉬, 배를 채우세요. 매일 밤낮으로 즐기고, 매일 축제를 벌이고, 춤추고 노세요. 밤이건 낮이건 상관없이 말이에요. 옷은 눈부시고 깨끗하게 입고, 머리는 씻고 몸은 닦고, 당신의 손을 잡은 아이들을 돌보고, 당신 부인을 데리고 가서 당신에게서 즐거움을 찾도록 해주세요. 이것이 인간이 즐길 운명인 거예요. 그렇지만 영생은 인간의 몫이 아니지요."

한마디로 미래니 영생이니 하는 것들을 좇느라 지금 즐길 수 있는 아름다운 것들을 놓치지 말라는 말이다. 길가메시가 마침내 우트나피쉬팀을 만났을 때, 우트나피쉬팀도 이와 같은 말을 한다. 의미 없는 인생일망정 주어진(이 말은 공짜로 얻었다는 뜻이기도 하다.) 인생을 건강하고 아름답게 이웃과 더불어 즐기며 시련과 고통조차 기꺼이 사랑하며 살아가는 것, 이것이 바람직한 삶의 자세라는 의미일 것이다.

먼 길을 떠나 다시 제자리로 돌아온 길가메시가 암흑 속을 지나 빛을 마주할 수 있었던 것처럼, 《인생의 굴레》에서 필립도 괴롭고 아픈 지난날을 딛고 깨달음을 얻게 된다. 그리고 서른 살이 되어 필립이 선택한 결혼 상대자는 교양이나 지성과는 거리가 멀지만 건강하면서도 부지런하고 필립에게 깊고 그윽한 애정을 가진 시골 여성이었다. 무역하는 배의 선상 의사가 되어 세상을 구경하고자 했던 필립은 그 바람을 접고 그녀와의 결혼을 기꺼이 선택한다.

그는 지금까지 미래만을 염두에 두고 살아왔다. 그래서 현재는 늘 손가락 사이로 빠져나가 버리고 말았다. 자신의 이상? 그는 의미 없는 삶의 무수한 사실들로 복잡하고 아름다운 무늬를 짜고 싶었다. 그리고 그는 가장 단순한 무늬, 그러니까 사람이 태어나서 일하고 결혼하고 아이를 낳고 죽음을 맞는 그 무늬가 동시에 가장 완전한 무늬임을 깨닫지 않았던가? 행복에 굴복하는 것은 패배를 인정하는 것인지도 몰랐지만 그것은 수많은 승리보다 더 나은 패배였다.

그러고 보니 "내일 지구의 종말이 온다 해도 나는 오늘 한 그루의 사과나무를 심겠다."라고 한 스피노자의 말과도 일맥상통한다.

달과 6펜스

The Moon and Sixpence, 1919

작품의 줄거리

갓 등단한 작가인 '나'는, 오찬회를 열어 작가들을 초대하길 좋아하는 에이미를 통해 그녀의 남편 스트릭랜드를 알게 된다. '나'가 처음 만난 스트릭랜드는 마흔쯤 되는 주식중개인으로, 첫인상은 따분할 정도로 평범하고 밋밋해 보였다. 결혼 17년 차인 그들 부부와 아이들은 중산층의 평균적인 삶을 살아가고 있었다.

여름 휴가철이 끝나갈 무렵 '나'를 급히 보자고 한 에이미는, 휴가를 마치고 돌아와 보니 남편이 집을 나가 파리로 갔다고 했다. 그러고는 '나'에게 다른 여자가 생긴 것이 분명하니 자기 대신 파리에 가서 상황을 알아보고 그를 설득해 달라고 부탁한다. 호기심이 생긴 '나'는 파리에 가서 스트릭랜드를 만났으나 정작 그는 여자가 생긴 것도 아니었고 방탕한 생활을 하는 것도 아니었다. '나'가 확인한 것은, 그가 그림을 그리지 않고는 못 배길 것 같아 가족을 떠났다는 사실과 다시 돌아가지 않겠다는 단호한 결심이었다. 그의 정열에 놀라기도 했지만 뻔뻔하고 이기적이며 무책임한 그의 답변에 '나'는 화를 내며 돌아선다. 이 사실을 그대로 전해 들은 에이미는 스트릭랜드가 돌아올 가능성이 전혀 없음을 알고 그를 증오하며 세상의 동정을 얻으려고 애쓴다.

그로부터 5년 후, '나'는 런던의 판에 박힌 생활이 지겨워 새 출발을 위해 파리로 건너가는데, 얼마 가지 않아 네덜란드의 순박한 화가 스트로브를 통해 스트릭랜드를 다시 만난다. 스트릭랜드는 궁핍한 상태에서 야윌 대로 야위어 오직 그림 그리기에 매진하고 있었다. 그는 일상의 가난과 불편을 결코 불평하지 않았으나 세간의 평가나 관심 따위에는 신경 쓰지 않을뿐더러 남들의 도움에도 감사는커녕 냉소와 독설을 보냈다. 스트릭랜드가 그린 그림은 사람들에게 조롱받고 무시당했으나 스트로브만은 그를 대단한 화가이자 천재라고 평한다. 스트로브는 시대에 뒤떨어진 자신의 시시한 그림을 두고 스트릭랜드가 굴욕적인 평가를 해도 아랑곳하지 않고 그를 가까이하고 친절하게 보살핀다.

크리스마스를 앞둔 어느 날, 스트릭랜드가 열병으로 심하게 앓아 다 죽어가는 것을 발견한 스트로브는, 아내 블란치의 반대에도 불구하고 자신의 집에 데려와 지극정성으로 간호한다. 그러던 중 야성적인 스트릭랜드를 사랑하게 된 블란치는 남편 스트로브를 버리고 스트릭랜드를 따라나선다. 그런데 스트릭랜드는 그녀의 육체만 탐했을 뿐 그림에 방해된다며 그녀의 사랑을 거부했다. 그러자 블란치는 자살하고 만다. 스트릭랜드는 자신 때문에 스트로브의 삶이 망가졌는데도 관심은커녕 미안해하지도 않으며 블란치의 죽음에 대해서도 자신의 탓이 아니라 그녀가 어리석고 균형 잡히지 않은 인간이기 때문이라고 말한다. 그 후 모든 걸 잃은 스트로브는 자신의 고향 네덜란드로 돌아가고 스트릭랜드는 마르세유에서 부두노동자로 거친 삶을 보내다 남태평양의 외딴섬 타히티에 정착한다. 타히티는 스트릭랜드에게 평생 찾아다녔던 곳이라는 인상을 주었고, 그곳은 그의 남다름이 너그럽게 허용되는 곳이기도 했다.

'나'는 스트릭랜드가 죽고 나서야 타히티를 여행하게 되는데, 그가 그곳에서 어떤 삶을 살았고 어떤 성취를 이루었는지 섬사람들에게 전해 듣는다. 그는 원주민 소녀 아타와 결혼해 자식도 낳았는데, 마을 사람들과 접촉하는 것을 꺼려 숲속에 외따로 살며 그림에만 집중했다고 한다. 그는 문둥병에 걸려 눈이 먼 상태에서 자신의 오두막집 벽 전체를 화폭 삼아 원시적 힘과 아름다움이 넘치는, 보는 사람으로 하여금 경외감을 느끼게 하는 걸작을 남기고 죽는다. 자신의 전부를 쏟아부은 그림이지만 그의 유언에 따라 오두막과 함께 태워져 한 줌의 재가 된다.

타히티에서 런던으로 돌아온 '나'는 스트릭랜드의 아내인 에이미를 찾아가 그의 삶을 들려준다. 언니의 유산으로 안락한 생활을 누리던 에이미는, 죽은 뒤에 세계적인 천재 화가로 유명해진 남편의 그림 복제본을 거실의 장식으로 걸어놓고 있었다.

《달과 6펜스》는 제1차 세계대전이 끝난 이듬해인 1919년 출간되어 선풍적인 인기를 끌며 서머싯 몸을 세계적인 작가로 발돋움하게 했다. 유럽의 각국 말로 번역되어 베스트셀러가 되었는데, 전쟁을 겪고 피폐해진 젊은 세대에게 자유와 순수에 대한 동경을 불러일으켰다. 그러한 인기 덕분에 이 작품보다 4년 일찍 출간되었으나 별로 주목받지 못했던 자전적 소설《인간의 굴레》도 다시 주목받게 되었다.

이 작품은 서머싯 몸이 1904년 파리에서 한동안 머물며 여러 예술가들과 어울릴 때 고갱의 죽음에 대해 알게 된 것이 창작의 계기가 되었다고 한다. 서머싯 몸은 제1차 세계대전 중인 1916년, 병 때문에 미국에서 요양하면서 남태평양 섬들을 여행했는데 그때 직접 타히티에 방문하기도 했다. 거기서 고갱이 오두막 문짝에 그린 그림을 헐값에 사들여 나중에 엄청난 가치를 인정받았다는 후문이 있다.

이 작품의 모델이 된 폴 고갱(1848-1903)은 소설 속 주인공인 스트릭랜드와 대체로 비슷하면서도 몇 가지는 다르다. 소설 속 스트릭랜드는 증권중개인으로 나오는데, 고갱 또한 증권중개인 일을 한 것은 맞다. 그러나 스트릭랜드처럼 어느 날 갑자기 그림을 그리기 위해 일을 그만둔 것은 아니다. 고갱은 증권중개인 일을 하던 20대부터 그림을 그리기 시작했으며 30대 초반에는 전시회에 그림을 출품하기도 했다. 일을 그만둔 것도 그림을 그리기 위해서가 아니라 주식시장이 붕괴되었기 때문이다. 또 스트릭랜드는 편지 한 장을 남기고는 처자식을 버리고 예술가로서의 삶을 택하는데, 고갱은 아내와 아이들을 버린 적이 없다. 오히려 고갱이 빈털터리가 되었을 때 그의 아내가 아이들을 데리고 그를 떠났다. 또 스트릭랜드는 43세에 타히티에 도착하여 55세에 문둥병으로 죽었는데, 실제로 고갱은 타히티에서 심장마비로 죽었다.

소설 제목인 '달과 6펜스'는 소설에 한 번도 나오지 않는다. 6펜스란 당시 영국에서 가장 낮은 단위로 유통되었던 은화(銀貨)의 값이라고 한다. 달과 6펜스 모두 둥글고 빛난다는 공통점을 가졌지만, 소설의 주제를 암시하는 반대의 상징으로 해석된다. 일반적으로 '달'은 예술을 통해 고양된 이상을, '6펜스'는 세속적 안락함이나 세상의 평판 등을 의미한다고 알려져 있다. 그러니까 《달과 6펜스》는 한 중년의 사내가 달빛 세계의 마력에 홀려 6펜스의 세계를 탈출하는 과정을 보여주는 이야기라고 할 수 있다.

1. 홀림 또는 중독

아이들과 휴가를 마치고 돌아와 보니 남편이 집을 나갔다. 어떤 낌새도 없었다. 한마디 설명도 없고 미안하다는 말도 없는, 통지서 같은 짧은 편지 하나만 달랑 남겼다.

> 집은 다 잘 정돈되어 있을 거야. 돌아왔을 때 당신과 아이들 식사도 차려져 있을 거고. 하지만 나는 거기에 없을 거야. 당신과 헤어지기로 마음먹었거든. 내일 아침에 파리로 떠날 생각이야. 이 편지는 거기 도착해서 부칠게. 다시 돌아가지도 않을 거고, 결정을 번복하는 일도 없을 거야.

아내는 도무지 실감이 나지 않고 믿을 수가 없었다. 결혼 17년 차, 남편은 선량하고 정직했으며 벌이도 괜찮았다. 아들 하나 딸 하나, 아이들을 귀여워했고 행복해 보였다. 아내는 다른 여자가 생긴 게 틀림없다고 생각했다. 아무리 생각해도 그것 말고는 다른 이유가 없었다. 지금은 정신 못 차리고 빠져 있지만 오래가지 못할 것이고, 다른 누군가가 이 일을 알기 전에 남편이 돌아오기만 한다면 지난 일로 그냥 묻어둘 작정이었다. 아내는 스스로 속 좁은 여자가 아니라고 위로했다. 그러고는 일을 크고 복잡하게 만들지 않고 남편에게 자신의 뜻을 조용히 전해줄 사람을 찾았다.

느닷없이 집을 나간 남편은 마흔 살 된 주식중개인으로, 이름은 스트릭랜드. 다른 여자 때문에 가족을 떠났다고 생각하며 그가 곧 돌아오길 바라는 아내의 이름은 에이미. 그녀는 독서광에 문인들을 초대해 파티를 여는 것을 좋아한다. 에이미는 화자인 '나'에게 도대체 어찌 된 영문인지 알아보고 남편이 돌아오도록 설득해 달라고 부탁한다.

'나'가 이전에 스트릭랜드와의 첫 만남에서 받은 인상은 밋밋하다는 것이었다. 평범하고 따분해서 일부러 시간 내서 사귈 만한 사람이 아니었다. 그의 가족 또한 중산층의 평균적인 삶을 살고 있었다. 그런 그가 집을 나갔다고? 딴 여자가 생겨서? '나'는 놀랍기도 하고 호기심이 발동하기도 했다. 그래서 '나'는 에이미의 부탁대로 스트릭랜드를 찾아 런던에서 파리로 건너가기로 한다.

파리에서 만난 스트릭랜드는 낡아빠진 삼류호텔의 비좁은 방에서 가난한 생활을 꾸려가고 있었다. 아내 에이미가 짐작하듯 딴 여자가 있는 것도 아니었다. 그렇다면 도대체 왜 스트릭랜드는 가족과 집을 떠나 그곳으로 갔을까?

"그럼 도대체 왜 부인을 버린 겁니까?"

"나는 그림을 그리고 싶습니다."

"아니, 나이가 마흔이지 않습니까?"

"그래서 더는 늦출 수 없다고 생각한 겁니다."

'나'는 아무런 성과도 없이 돌아왔고, 에이미를 만나 "부인께서 남편과 헤어진 건 오히려 잘된 일입니다."라고 말했다.

나중에 스트릭랜드를 좀 더 들여다보고 알게 된 '나'는 그의 삶을 이렇게 정리한다.

> 그는 미장이나 목수보다 더 가난하게 살았지만 일은 더 열심히 했다. 사람들이 품위 있고 아름답게 여기는 것들에는 전혀 관심이 없었다. 돈에도 무관심했고 명성도 안중에 없었다. 우리는 대체로 세상일에 적당히 타협하지만 그는 그러한 유혹에 조금도 꺾이지 않았다. 그렇다고 그를 칭찬하는 것이 아니라, 그는 그런 유혹조차 느끼지 못했다. 타협이 가능하다는 것조차 생각하지 못했다. 그는 파리에 살고 있었지만 테베사막에 사는 은자(隱者)보다 더 고독했다. 그가 친구들에게 바란 것은 오직 자기를 혼자 있게 내버려두는 것이었다. 그는 자신이 지향하는 것에 온 마음을 쏟았다. 그것을 추구하기 위해 그는 자신뿐만 아니라 남들까지 희생시켰다(자기희생쯤이야 많은 사람들이 하겠지만). 그에게는 비전이 있었다. 스트릭랜드는 불쾌감을 주는 사람이긴 했지만, 나는 지금도 그가 위대한 인간이라고 생각한다.

스트릭랜드는 돈이나 명성 같은 세상의 유혹에 조금도 흔들리지 않았고, 타협도 없었으며, 타인의 희생도 아랑곳하지 않고 오로지 자신이 원하는 것을 추구했다. 그래서 불쾌감을 주지만 위대한 인간이었다. 그러니까 화자는 스트릭랜드의 위대함 때문에 그가 주는 불쾌감에도 불구하고 호기심과 애정을 버리지 못하고 끝까지 그를 좇을 수 있었던 것이다.

스트릭랜드는 소설에서 만나볼 수 있는 인물 중 개성이 강하다 못해 이질감마저 주는 인물이다. 대체로 소설 속 주인공은 읽는 사람의 상식과 이해의 범위 안에 있을 때 쉽게 호감이 생기고 곧잘 동일시되면서 끝까지 읽게 하는 힘이 된다. 그러나 그렇지 않은 인물들도 있다. 이들의 말과 행동은 쉽게 납득할 수 없고 독자의 머릿속에 끝내 수수께끼로 남지만, 그것이 오히려 더 긴 생명력을 갖기도 한다. 이상의 단편 〈날개〉의 주인공, 허먼 멜빌의 장편 《모비딕》의 에이허브 선장, 허먼 멜빌의 단편 〈필경사 바틀비〉의 바틀비, 알베르 카뮈의 장편 《이방인》의 뫼르소 등이 대표적이라 할 수 있다.

스트릭랜드가 가출한 이유는 단 하나, 그림을 그리기 위해서였다. 왜 그리고 싶은지는 알 수 없다. 그러나 절박하다는 것은 분명하다. 화자는 그의 마음속에 들끓고 있는 '진실한 열정'을 느끼고 자신도 모르게 감명을 받는다. 동시에 그가 강렬하게 압도하는 어떤 힘, 악마 같은 어떤 힘에 홀려 있음을 느낀다.

"사실 저는 남편분께서 본인의 행동에 정말 책임질 수 있는 상태인지 잘 모르겠습니다. 제정신이 아닌 것 같아요. 어떤 힘에 사로잡혀서 그

힘이 시키는 대로 하고 있는 것만 같습니다. 거미줄에 걸린 날파리처럼 꼼짝 못 하고 말이죠. 누군가가 마법이라도 걸어놓은 것 같습니다. 예전 같았으면 스트릭랜드 선생에게 귀신이 들렸다고 했을 겁니다."

흔히 악마, 악령, 마귀, 귀신, 마법 등에 홀린다고 말한다. 그러나 이는 틀린 말이다. 악마나 귀신이 있어서 우리를 홀리는 것이 아니라, 우리가 평소와 다르게 비정상적으로 몰입하고 몰두하여 마치 인격이 바뀐 것처럼 보이면 이것을 설명하기 위해 마귀나 귀신이라는 허구를 동원하는 것이다. 그 변화가 너무 커서 도저히 그렇게밖에는 설명할 길이 없기 때문이다. 이는 동서양을 가리지 않고 나타나는 현상이다.

고려시대 최씨 무신 집권기에 이규보라는 문인의 한시 〈시벽(詩癖)〉에는 '시마(詩魔)'가 등장한다. 이규보는 '시'라는 마귀, 즉 시마(詩魔)에 홀려 한순간도 놓여나지 못하고 심장과 간, 살과 피를 모두 바치고서야 시 몇 편을 얻는다고 했다. 이런 시마를 몰아내 보겠다고 이규보는 〈구시마문(驅詩魔文)〉까지 짓는데, 거기에는 시마가 자신에게 들어온 뒤 나타난 증상들을 이렇게 적고 있다.

네가 오고부터 모든 일이 기구하기만 하다
흐릿하게 잊어버리고 멍청하게 바보가 되며
듣지 못하는 것이 귀머거리 같고

몸이 더워 자취가 구애된다
주림과 목마름이 몸에 닥치는 줄도 모르고
추위와 더위가 몸에 파고드는 줄도 깨닫지 못하며
계집종이 게으름을 부려도 꾸중할 줄 모르고
사내종이 미련스러운 짓을 하더라도 타이를 줄 모르며
동산에 잡초가 우거져도 깎아낼 줄 모르고
집이 쓰러져가도 고칠 줄을 모른다
궁한 귀신이 온 것도 역시 네가 부른 것이다
그리고 귀인에게 오만하고 재산이 많은 사람을 업신여기는 것
방자하고 거만한 것, 언성을 높여 겸손치 못한 것
안색이 부드럽지 못한 것, 여색에 쉽게 혹하는 것
술을 마시면 행동이 더욱 거칠어지는 것은
실로 네가 그렇게 만든 것이지 어찌 내 마음이 그렇겠느냐?

스트릭랜드의 행동이나 태도와 매우 비슷해 놀라울 정도이다. 무언가에 홀리거나 사로잡히는 모습은 그리스 신화에서도 나온다. 신화 속 세이렌은 암초와 여울목이 많은 섬에 사는 반인반수의 바다 요정이다. 이 섬을 지나는 선원들은 세이렌들의 신비로운 노래에 홀려 바다에 뛰어들고 선박은 난파당한다. 트로이전쟁이 끝나고 귀향하는 오디세우스도 이 섬을 지나게 되었는데, 부하들의 귀를 밀랍으로 막고 자신은 돛대에 묶게 했다. 그러나 막상 그 노

랫소리를 듣자 오디세우스는 밧줄을 풀려고 몸부림쳤는데, 미리 얘기해 놓은 부하들이 그를 더욱더 단단하게 묶었다. 그들이 무사히 섬을 벗어나자 세이렌들은 모욕감을 느껴 집단 자살했다고 전해진다. 세이렌과 오디세우스 이야기는 인간이 얼마나 아름다움의 손짓에 취약한지, 그것을 맛보고자 하는 열망과 호기심이 얼마나 큰지, 또 그 홀림을 이겨내는 것이 얼마나 어려운지를 보여준다고 하겠다.

대부분의 사람들은 무언가에 잘 홀리지 않는다. 사람의 마음을 사로잡거나 홀리는 것으로는 중독 증세를 일으키는 알코올, 마약, 도박 같은 해로운 것들도 있고, 종교와 예술 같은 정신적·미적 차원의 것들도 있다. 알코올, 마약, 도박 중독은 자기를 파괴할 뿐 아니라 중독자의 가족이나 주변 사람들에게도 깊은 상처를 남긴다. 앞의 〈구시마문〉에서 '너(시마)' 대신 술이나 마약 등을 넣어 읽어보면 중독과 홀림이 서로 멀지 않음을 알 수 있다. 신을 믿는 신앙 행위는 때로 타 집단에 매우 배타적이고 공격적이어서, 신의 이름으로 자행된 종교전쟁이 일어나기도 했다. 그럼에도 세속을 초월한 조건 없는 헌신과 아낌없는 사랑 역시 신의 이름으로 수행된 것임은 명백한 사실이다.

이와 달리 아름다움과 자기완성을 추구하는 '예술'이야말로 사람을 홀리는 가장 무해한 것이 아닐까 싶다. 예술 때문에 집단 난투극이 일어났다는 말을 들어보지 못했으며, 사람들을 의존적으로 만드는 중독이나 종교와는 다르게 예술가는 고독할 정도로 독립적이기 때문이다. 비록 예술가 자신은 세상 사람들이 자신을 알아주지 않는 고독과 고통 속에서 자기 파괴적인 삶을 산다고 할지라도 그가 남긴 작품들은 많은 사람들의 삶을 각성시키고 풍요롭게 할 수 있다.

2. 예술가라는 족속

이 소설은 '인간은 왜 사는가?'라는 질문이 아니라 '개인은 왜 사는가?'라는 질문을 던진다. 인간의 보편적인 삶의 목적을 묻는 것이 아니라 개인, 특히 예술가는 무엇에 홀려서 자신의 삶을 끌고 가는가를 묻고 있다.

우리는 대체로 사회가 만들어놓은 보편적인 절차에 따라 살아간다. 태어나서 부모의 도움으로 자라고, 학교를 다니고, 취직해서 일을 하고, 결혼해서 아이를 낳아 기르고……. 행여 이 정해진 궤도에서 벗어나면 우리 마음속 경고등이 요란하게 울린다. 이러한 내면의 외침을 우리는 양심이나 도덕, 때론 상식이라 부른다. 서머싯 몸은 '나'의 독백을 통해 이와 관련된 통찰을 보여준다.

양심은 우리가 공동체의 법을 깨뜨리지 않도록 감시하는, 우리 모두의 마음속에 있는 경찰관이다. …… 양심은 사회의 이익을 개인의 이익보다 앞에 두라고 강요한다. 그것이야말로 개인을 전체 집단에 묶어두는 단단한 사슬이 된다. …… 그리고 양심의 지배를 인정하지 않는 사람에게는 온갖 독설을 퍼붓는다.

이러한 경고등, 즉 내면의 외침은 자신을 집단의 평균치에 맞추고자 하는 심리에서 비롯한다. 대다수의 사람들은 이런 심리를 내면화하여 평범하고 안전하게 살아가지만, 우리 사회에는 그렇지 않은 사람들도 존재한다. 그들은 사회적 통념이나 주위의 시선에는 아랑곳하지 않고 자신만의 길을 간다. 스트릭랜드도 그랬다.

남이야 어찌 생각하든 정말 전혀 상관하지 않는 사람이 여기 있었다. 그러니 인습 따위에 붙잡혀 있을 사람이 아니었다. 그는 온몸에 기름을 바른 레슬링 선수처럼 도무지 붙잡을 수가 없었다. 그래서 그는 도덕의 한계를 뛰어넘은 자유를 누리고 있었다.

예술이라는 것이 본래 먹고사는 것과 직접적인 연관이 없어서, 사회적 측면에서 볼 때 예술가들은 부차적이고 잉여적인 존재로 여겨져 왔다. 그런데 집단의 규모가 커지고 사회가 풍요로워지면서 예술가들의 재능과 역할, 쓸모와 가치가 사람들로부터 널리 인정받게 되었다. 예술가들이 재화를 생산하는 물질적 풍요에 기여할 수는 없어도, 사람들에게 위안과 재미를 주고 정신적 풍요를 선사함으로써 사회에 기여하게 된 것이다. 그러면서 평범한 사람들과는 다른 예술가들의 삶 또한 사회적으로 가치 있게 받아들여진 것이다.

예술가들에게 평범함과 표준화된 형식은 그들을 가두는 한계이자 그들을 내리누르는 억압이다. 끊임없이 이 한계를 뚫고 억압을 부수는 것이야말로 자신의 길을 가고 있다는 증거이며 자기의 세계를 완성해 가는 중이라는 증명일 것이다. 그들의 표현이 난해해지는 이유가 여기에 있고, 그래서 때론 매몰차게 외면받기도 한다.

우리는 과거에 연연하고 미래를 걱정하지만 예술가들은 자신이 창조한 미(美)를 통해 '공간의 무한성과 시간의 영원성'을 추구한다. 그리고 예술은 우리가 살아가는 평범하고 안전한 삶의 과정에 정신적 위안과 풍요로움을 선사한다. 그러니 우리는 예술가에 빚지고 있는 셈이다.

그렇다면 세속의 세계와 예술의 세계, 평범한 사람과 예술가는 본질적으로 다른 것일까? 스트릭랜드가 타히티에서 죽자 그의 아내 에이미는 천재 화가의 부인으로 살아간다. 그녀는 당시 유행에 따라 자신의 방을 환상적인 색채로 꾸미고 벽에는 복제된 스트릭랜드의 작품을 걸었다.

에이미는 자신의 방 안에 가득한 환상적인 색채가 타히티에서 스트릭랜드가 가졌던 꿈에서 비롯한 색깔이라는 사실을 미처 깨닫지 못한다. 스트릭랜드가 '사후 발견된 천재 화가'라는 유명세를 타자 출판사는 그의 작품 복제본을 시장에 팔아 돈을 번다. 에이미는 스트릭랜드에 대한 글을 쓰려는 저명한 비평가와 인터뷰하면서 남편의 상품 가치를 이용해 자신을 돋보이려 한다. 소설 말미에 보이는 이러한 풍경은 예술가가 자신의 일생과 목숨까지 걸고 예술을 하던 신성한 시대가 어느덧 지나고 예술도 소비 상품이 되어버린 사회가 도래하고 있다는 것을 암시한다. 이제 스트릭랜드의 작품은 언제든 돈으로 사고팔 수 있으며 싫증 나면 언제든 교체되는 장식품 정도로 전락하고 말았다.

3. 흐릿한 그림자를 위한 변론

영화 〈아마데우스〉는 모차르트를 죽인 건 자신이라는 궁정음악가 살리에리의 고백으로 시작한다. 모차르트는 하늘이 내린 천재적 재능을 지닌 방탕하고 오만하고 철없는 음악가이다. 반면, 살리에리는 아무리 해도 따라잡을 수 없는 천재를 바라보며 고뇌하고 좌절하는, 평범하지만 근면하고 성실한 음악가이다. 영화에서 살리에리는 자신의 질투심이 모차르트를 죽음에 이르게 했다는 죄책감을 느낀다.

《달과 6펜스》에도 상처받은 범인(凡人)이 나온다. 더브 스트로브. 그는 유쾌한 뚱보 상인을 떠올리게 하는 외모에 끈덕진 성실함을 가진 인물이다. 평범한 그림 실력 때문에 스트릭랜드에게 비웃음거리가 되고 모욕을 당하지만 대수롭지 않게 여긴다. 그는 진부하고 통속적인 그림밖에 그리지 못하지만 스트릭랜드의 천재성을 알아보는 날카로운 감식안을 가지고 있었으며 칭찬에도 결코 인색하지 않았다.

"여보, 그 사람은 천재라니까. 당신은 설마 나를 천재로 생각하지는 않겠지? 나도 내가 천재였으면 좋겠어. 천재를 알아볼 줄은 알지. 천재를 정말 진심으로 존경해. 세상에서 천재보다 굉장한 건 없어. 천재들에게야 그게 큰 부담이 되지만 말이야. 천재들은 너그럽게 대해주고 참을성 있게 대해야 해."

스트로브는 자신의 집에서 병든 스트릭랜드를 돌보기까지 한다. 그러나 결국 자신의 아내가 스트릭랜드를 좋아한다며 그를 따라 집을 나가겠다고 하는 비참한 상황까지 맞이한다. 스트로브는 어떻게 반응했을까? 그는 평범한 사람들의 놀라운 미덕을 보여주는데, 그것은 그가 천재가 아니었기에 가능한 일이었다. 스트로브는 오히려 자신이 집을 나갈 테니 스트릭랜드와 자신의 집에서 지내라며 가진 돈 절반을 아내에게 준다.

여기서 천재 예술가와 평범한 사람의 차이점이 확연히 드러난다. 물론 타고난 재능이 있고 없음을 말하는 것이 아니다. 그 차이점은 자아 중독이 있고 없음이다. 천재 예술가인 스트릭랜드는 자기에게 홀린 사람이다. 오직 자신의 자아에만 몰두하고 열중할 뿐 나머지 것들은 사소하게 여긴다. 반면, 평범한 사람들은 자신의 내부에 많은 사람들이 들어와 있다. 부모, 친구, 배우자, 자녀…… 온갖 타인들이 들끓어 오히려 자기가 닳아 없어질 지경이다. 그래서 스트로브는 "상대방을 사랑한다면서 자존심을 내세우는 건 상대방보다 자기 자신을 더 사랑하는 것"이라고 말하는 것이다.

스트로브가 자신을 버린 아내에게 매달리는 동안, 스트릭랜드는 마치 남의 일처럼 꿈쩍도 하지 않는다. 하긴 스트릭랜드는 타인의 시선이나 평판에는 일관되게 무관심했다. 스트로브가 아픈 자신을 돌본 것도 '남을 돕는 걸 즐기는 사람'이라서 그런 것이므로 굳이 고마워할 이유가 없었고, 스트로브의 아내가 자신을 좋아하는 것도 자신이 의도한 것이 아니므로 자기 책임이 아니라는 식이다. 이런 그를 대놓고 욕해도 소용없다. 눈 하나 깜짝하지 않고 귓등으로도 듣지 않기 때문이다.

"아주 몰인정하시군요."

"그런 것 같네요."

"전혀 창피하지도 않아요?"

"창피하지 않아요."

"세상 사람들이 아주 비열하다고 생각할 겁니다."

"그러라지요."

"사람들이 미워하고 멸시해도 상관없단 말인가요?"

"상관없어요."

나중에 스트로브의 아내가 죽게 된 상황에서도 스트릭랜드는 조금의 가책도 느끼지 않는다. 그녀는 자기한테 버림받아서 자살한 게 아니라 어리석고 균형 잡히지 않은 인간이라 그랬다는 것이다. 스트릭랜드에게 사랑은 병이고 약점이고 간섭이다. 그가 바란 건 사랑이 아니라 혼자 있는 것이었다. 그러니까 애당초 스트릭랜드는 사랑이란 걸 할 수 없는 지독히 자기중심적인 인물이었던 것이다. 이런 사람과는 사귀기도 어려울 뿐 아니라 행여 호기심이 생겨 가까이 접근했다가는 상처만 받을 수 있다.

스트로브는 어떤가? 아내가 아는 남자면 누구에게라도 질투를 느끼면서 그런 내색은 절대 안 하려고 안간힘을 썼다. 자신이 아내를 사랑하는 것만큼 아내가 자기를 사랑하지 않는다는 것을 알고 있었지만, 자신의 사랑을 아내가 받아들인 것만으로도 행복해했다. 아내가 독약을 마시고 사경을 헤매면서도 한사코 만나주지 않자, 스트로브는 화자인 '나'를 통해 이런 말을 전한다.

아무것도 탓하지 않겠다. 그저 돕고 싶을 뿐이다. 무슨 권리 따위를 주장하지도 않겠다 회복하고 나서 자기에게 다시 돌아오라고 구슬릴 생각도 없다. 얼마든지 하고 싶은 대로 해라.

늘 실수투성이지만 착하고 너그러운 성품을 잃지 않은 사람, 평범한 그림밖엔 그려내지 못하지만 아름다움에 대한 감각은 솔직하고 훌륭한 사람, 행동은 투박하지만 감성은 유별나게 섬세하고 정직한 사람, 자기 일에는 어설프면서도 남의 일에는 뛰어난 수완을 발휘하는 사람. 허다한 모순을 끌어안고 냉엄한 세상에 맞서게 된 자신의 운명을 저주할 수도, 그런 세상에 복수하겠다고 칼을 갈 수도 있었겠지만 스트로브는 그렇게 하지 않았다. 분노에 사로잡혀 스트릭랜드의 그림을 찢으려 했으나 오히려 그림을 보고는 경외감을 느끼며 감히 손을 대지 못한다. 죽이고 싶을 만큼 미웠던 스트릭랜드였지만 오히려 가엾게 여겨 자신의 고향에 같이 가자고 한다. 스트로브는 평범한 사람들이 도달할 수 있는 최대치에 가닿은 사람일지도 모르겠다. 그런 그가 인생의 막다른 골목에서 내린 생각은 귀담아들어 볼 만하다.

"세상은 참 매정해. 우리는 이유도 모르고 이 세상에 태어나서 이제 어디로 가야 하는지도 몰라. 그러니 겸손하게 살아야지. 조용하게 사는 게 아름답다는 걸 알아야 해. 운명의 신의 눈에 띄지 않게 얌전하게 살아야지. 그리고 소박하고 무식한 사람들의 사랑을 구해야 하는 거야. 그런 사람들의 무지가 우리네 지식을 다 합친 것보다 나아. 구석진 데서 사는 삶이나마 그냥 만족하면서 조용하게, 그 사람들처럼 양순하게 살아가야 한단 말이야. 그게 살아가는 지혜야. 아버지 뜻을 따라 그냥 소박한 목수가 되었더라면 결국 더 나았을지도 모르지."

평범함과 평온함은 같은 말이다. 우리는 평범해서 편안한 삶을 사는 게 아니라 평온함을 바라기에 평범한 삶을 사는 것일 수 있다. 평범한 삶은 어딘지 '잔잔한 시냇물이 푸른 초원의 아름다운 나무 그늘 밑으로 굽이굽이 흘러가 이윽고 드넓은 바다로 흘러드는 모습'과 닮았다. 여기에는 소박한 아름다움과 위안이 있고 잘 정돈된 행복이 담겨 있지만, 동시에 지루하고 따분하고 밋밋하다. 평범한 삶을 살아가는 사람들의 모습은 다들 엇비슷하여 들판의 들소 떼처럼 멀리서 보면 분간할 수 없다. 그저 누군가를 돋보이게 할 흐릿한 그림자이자 배경, 이것이 평범한 사람들의 무게이다.

사회라는 유기체의 일부로서 그 안에서 그것에 의지해서만 살아가는 사람들의 존재는 흐릿한 그림자처럼 보이게 마련인데, 그들 역시 흐릿한 그림자처럼 보였다.

그러하기에 때로 우리는 평범한 삶에 반항하기도 하고 미지의 세계로 모험을 떠나기도 한다. 이것마저도 허락되지 않으면 비범한 천재가 나타나 구원해 주길 간절히 소망하기도 한다. 천재나 천재와 관련된 신화는 평범한 사람들의 소망에 따라 그때그때 우리의 욕망을 충족하기 위해 만들어지는 것일지 모른다. 보통 사람들과는 확연히 다른 어떤 사람이 있으면 그의 생애에서 놀랍고 신기한 사건들을 열심히 찾아내어 전설을 지어낸 다음, 그것을 광적으로 믿어버리는 것이다. 평범한 삶에 대한 낭만적인 저항인 셈이다. 그러나 실상은 스트로브처럼 평범함 속에도 비범함이 스며 있고 비범한 천재에게도 비통한 약점이 있는 것이다. 그렇다면 비범과 평범, 천재와 범인이라는 구도는 극단적인 것을 좋아하는 우리 정신의 장난에 가깝다.

모자이크에서 각각의 조각은 자체로 완성된 그림이 되지는 않지만 그 조각들이 모여 만든 전체 그림은 형형색색으로 아름답다. 이처럼 하찮은 한 조각일지라도 그 조각들 모두가 아름다움을 완성하는 데 저마다 기여하고 있는 것이다.

인생의 베일

The Painted Veil, 1925

작품의 줄거리

남편을 통해 출세하고자 했던 꿈이 좌절된 가스틴 부인은 딸들의 화려한 결혼을 통해 그것을 보상받고자 한다. 그녀에게는 두 딸이 있었는데, 키티는 예뻤지만 도리스는 그렇지 못했다. 그래서 가스틴 부인은 그녀의 모든 애정을 키티에게 쏟아부었다. 어머니의 그런 야심은 키티 자신의 욕망에도 부합하여, 키티는 사교계에 화려하게 데뷔하는 데 성공한다. 키티는 말주변이 좋고 춤을 좋아하며 사교계에서 나올 법한 대화 주제에 대해서도 잘 알고 있었다. 많은 청년들이 그녀에게 구혼했지만 그녀의 마음에 차는 사람이 없었다. 그러던 차에 그녀의 동생이 좋은 조건을 가진 사람과 약혼하자 키티는 조급한 마음에 매력을 느끼지 못하는 세균학자 월터 페인과 결혼해 홍콩으로 간다.

홍콩에서 키티는 총독부 차관보를 맡고 있는 찰스 타운센드를 만난다. 큰 키와 잘생긴 얼굴, 멋진 패션 감각, 유쾌한 성격과 감미로운 목소리는 그녀를 반하게 만들기 충분했다. 결국 두 사람은 월터 몰래 애정을 나누는 관계가 된다. 얼마 가지 않아 둘의 관계를 목격한 월터는 절망에 빠져 키티에게 콜레라가 창궐하는 메이탄푸에 의사로 자원했다며 함께 가자고 한다. 키티가 거부하자, 찰스가 이혼하고 일주일 안에 그녀와 혼인하겠다는 동의를 받아낸다면 모를까, 그렇지 않다면 둘을 간통죄로 고소하겠다고 협박한다. 키티는 찰스에게 찾아가 사정을 설명하고 매달리지만 찰스는 이런저런 핑계를 대며 아내와는 이혼할 수 없다고 말한다. 이기적인 찰스의 모습을 확인한 키티는 설득하는 것을 포기하고 월터와 메이탄푸로 떠난다.

메이탄푸에서 키티는, 술을 좋아하고 유쾌한 세관원 워딩턴과 콜레라 환자들과 버려진 아이들을 돌보는 수녀들을 만난다. 키티는 수녀들의 희생에 감동하며 그들의 모습에서 숭고함과 아름다움을 발견한다. 그녀는 수녀들의 만류에도 그들의 일을 돕고 수도원의 고아들을 돌보면서 찰스에 대한 미련을 잊고 마음의 평안을 얻는다. 어느 날 그녀는 일하던 중 토하며 쓰러지게 되는데, 원장수녀가 임신한 것이라고 말한다. 월터는 키티에게 자신이 아이의 아버지가 맞냐는 질문을 하고 키티는 모르겠다고 답한다.

며칠 뒤 월터는 콜레라에 걸려 쓰러지고 키티는 죽기 직전인 그에게 용서를 구하지만 월터는 알 수 없는 말만 남기고 죽는다. 워딩턴은 키티에게 월터가 스스로 콜레라에 걸려 죽음을 택했을 수도 있다는 얘기를 전한다. 돌아갈 곳이 없는 키티는 수녀원에 남기를 원하지만 고향으로 돌아가는 게 낫겠다는 원장수녀의 제안에 홍콩행 배를 탄다. 홍콩에 도착하자 찰스의 아내 도로시가 키티에게, 메이탄푸에서 보여주었던 용기 있는 행동을 존경한다며 자기 집에 머물러 달라고 한다. 갈 곳이 마땅치 않았던 키티는 그 요청에 응하지만 속으로 찰스의 어리석음과 이기심을 비웃으며 냉소적으로 대한다. 그러나 둘만 있을 때 그의 유혹에 넘어가 또다시 동침한다.

키티는 자신의 욕망을 혐오스럽게 생각하며 찰스의 집을 떠나 고향으로 간다. 고향 집에서 키티는 얼마 전 어머니의 죽음으로 비로소 가족에 대한 의무에서 해방되어 안도감을 느끼는 아버지를 만난다. 키티는 아버지에게 매몰차게 대했던 지난날의 잘못을 사과하고, 다른 도시의 재판관 자리를 맡아 떠나는 아버지에게 자신을 데려가 달라고 부탁한다. 그녀는 희미하지만 다시 인생의 길을 발견하고, 어떤 일이 닥치든 낙천적인 기백으로 그것을 받아들일 힘이 마음속에 자리하고 있음을 느낀다.

소설 속 여주인공 키티가 월터와 결혼한 것은 그를 사랑해서가 아니라 일종의 두려움 때문이었다. 더 이상 고르고 미루다간 결혼 시장에서 헐값이 되지 않을까 하는 두려움. 그래서 재산 많고 성격 무난하고, 무엇보다 자기를 좋아하는 월터와 결혼한 것이다. 키티에게 결혼은 자기 생활의 불만족한 조건을 채우기 위한 수단일 뿐 사랑이 전제된 선택이 아니었다. 그래서 결혼했음에도 나중에 외모 출중하고 목소리 좋으며 사회적 지위도 좋은 유부남, 홍콩 총독부 차관보 찰스 타운센드가 나타나자 사랑에 빠지고 만다. 본인의 감정에만 충실한 나머지 남편 월터에겐 결혼의 신의(信義) 의무를 저버리고 만다.

메이탄푸는 콜레라가 창궐하는 중국의 오지다. 키티가 바람난 사실을 안 월터는 키티에게 메이탄푸로 함께 가자고 한다. 월터는 의료 선교사가 콜레라로 죽어 의사 자리가 비어 있는 메이탄푸에 자원한 것이다. 자살 행위와 다름없다며 거부하는 키티에게 월터는 "찰스 부인이 그녀의 남편과 이혼하겠다는 확답을 내게 주고, 법원으로부터 두 사람의 이혼 확정 명령이 내려지고 나서 일주일 안에 그가 당신과 결혼하겠다고 내게 서면 동의를 한다면" 가지 않아도 된다고 제안한다. 찰스와의 사랑을 믿고 달려간 키티는 찰스에게 자신은 한낱 이기적 욕망의 대상일 뿐이었다는 것을 확인하고 어쩔 수 없이 메이탄푸로 월터를 따라나설 수밖에 없었다.

관계가 틀어진 두 사람이 도착한 메이탄푸는 고통과 질병의 시공간이자 키티와 월터에겐 새로운 관계 전환을 모색해야 할 통과

의례의 장소이다. 이 중 한 사람은 통과의례를 마치고 살아서 돌아오지만 나머지 한 사람은 돌아오지 못한다. 과연 누가 살고 누가 죽을까?

이 소설은 전지적 작가 시점이지만 키티의 속마음만 드러나고 다른 인물들은 키티의 관찰로만 그려진다. 따라서 키티가 무슨 경험을 하고 어떤 변화를 보일 것인가를 시종일관 따라가게 되어 있다. 반면, 자처해서 메이탄푸로 들어간 월터에게 그곳은 어떤 의미를 띠며, 애초 의도한 바를 이뤄내는지는 키티와의 대화와 키티의 관찰을 통해 단편적으로밖에 드러나지 않는다.

1. 깨달음과 거듭남

자기중심적 인물, 키티

에리히 프롬은 《사랑의 기술》이란 책의 시작을 다음과 같은 파라켈수스의 말을 인용하면서 연다.

> 아무것도 모르는 자는 아무것도 사랑하지 못한다. 아무 일도 할 수 없는 자는 아무것도 이해하지 못한다. 아무것도 이해하지 못하는 자는 무가치하다. 그러나 이해하는 자는 또한 사랑하고 주목하고 파악한다. …… 한 사물에 대한 고유한 지식이 많으면 많을수록 사랑은 더

욱더 위대하다. …… 모든 열매가 딸기와 동시에 익는다고 상상하는 자는 포도에 대해 아무것도 모른다.

키티는 어떤 상황, 어떤 사람을 마주하여 '모르겠다, 이해하지 못했다'는 말을 자주 내뱉는다. 파라켈수스에 따르면 키티는 아무것도 모르고 아무것도 이해하지 못하는 자이고, 그래서 주목하지 못하고 사랑하지 못하는 자이다. 일반적으로 자기중심적인 사람은 타인에 대한 이해도가 낮다. 자기에게 집중하느라 다른 사람을 돌아볼 틈이 없기 때문이다. 하지만 타인은 나를 비추는 거울이므로 타인을 돌아보지 못하는 사람은 결과적으로 자기 자신도 온전히 이해하지 못할 가능성이 크다. 역설적이게도 자기에게 집중할수록 자기를 이해하지 못하게 되는 것이다. 그렇기에 자기를 바라보는 시선이 왜곡될 때가 많다. 키티의 생각을 곧이곧대로 따라가서는 안 되는 이유가 여기에 있다.

번번이 키티의 성숙을 가로막는 것은 환경이나 주변 인물들이 아니다. 키티에게는 자신의 세계를 깨고 성장할 수 있는 몇 번의 기회가 있었다. 찰스와의 만남도 계기가 될 수 있었고, 메이탄푸에서 새롭게 만난 사람들(수녀원장, 세관원 워딩턴, 고아들)도 그녀에게 깨달음을 주는 대상이 될 수 있었다. 월터 또한 누구보다 그녀의 성장에 발판이 될 사람이었다. 그러나 키티가 실패를 거듭하거나 제자리걸음을 할 수밖에 없었던 것은 바로 자기중심성 때문이었다.

키티는 찰스에 대해 헛다리를 짚었다. 찰스와의 사랑을 철석같이 믿은 키티는 월터가 모르거나 혹은 안다 해도 그런 상황을 감수할 거라고 생각했다. 하지만 월터는 찰스가 자신의 이익밖에 생각할 줄 모르는 비겁한 인간이고 결국 키티에게서 꽁무니를 뺄 거라는 사실을 꿰뚫어 보았다. 또 키티가 착각에서 벗어날 수 있는 계기를 마련한 것도 월터였다. 그럼에도 키티는 여전히 아무것도 깨닫지 못했다.

> 그녀가 찰스 타운센드와의 관계를 후회하고 충격적으로 여기면서도 뼈저리게 뉘우치지 않고 단지 잊어버려야 할 대상으로 생각한 것은 아마도 그녀 스스로 자신의 미련함을 탓했기 때문일 수도 있다. 그 사건은 그저 연회장에서 저지른 큰 실수 같았다. 끔찍할 만큼 분하지만 당시의 그녀로서는 저항할 수 없는 사건이었기에 지나치게 큰 중요성을 부여하는 것은 분별없는 짓이었다.

결혼한 키티가 남편이 아닌 다른 남자를 사랑한 것은 자신의 본성을 충실하게 따른 결과였다. 키티는 그것이 다른 사람에게 어떤 상처를 줄지에 대해서는 외면해 버렸다. 이러한 자기중심성 때문에 반성이나 성숙으로 이어지지 않는다. 사과하고 용서를 구하고 책임을 지는 자세가 뒤따라야 함에도 불구하고, 키티는 오히려 자신이 우위에 선 듯 월터를 안타깝게 여기고 동정심마저 느낀다.

메이탄푸에서 병자들과 고아들을 돌보는 원장수녀는 월터를 가리켜 하늘이 그들에게 보낸 '성자' 혹은 '영웅'이라며, 키티가 할 일은 그를 온 마음을 다해 사랑하는 것이라 말한다. 워딩턴도 이렇게 말한다.

"저는 월터를 존경합니다. 그는 지성과 인성을 갖추었죠. 그리고 그건 매우 비범한 조합이라고 말씀드리고 싶습니다. 그가 당신에게 터놓고 얘기하지 않으니, 그가 여기서 무슨 일을 하는지 당신은 모르실 겁니다. 이 무시무시한 전염병을 끝낼 사람이 단 한 명이라면 아마도 그가 될 겁니다. 그는 병자들을 돌보고 도시를 청소하며 식수를 정화하려고 애쓰고 있습니다. 어디든 가고 무슨 일이든 하지요. 하루에도 수십 번씩 생명의 위협을 마다하지 않습니다. 수녀원의 수녀들은 그를 믿습니다. 그들에게 그는 영웅입니다."

그러나 키티는 월터에 대해 제대로 알지 못했다. 월터의 주변 사람들은 그의 장점을 높이 평가하지만 정작 키티는 그의 장점에 관심이 없다. 그녀에게 월터라는 존재는 '캄캄한 먹구름'에 불과하기 때문이다. 키티가 보여준 자기중심성의 정점은 월터에 대해서 점점 알아나갔으나 끝내 사랑하지 않았고 또 그럴 수도 없다고 생각한다는 것이다.

이상했다. 그는 솔직히 말해서 잘생기고 믿음직하고 유능한 남자였다. 왜 키티는 그를 사랑할 수 없었을까? …… 지난 몇 주 동안 그가 얼마나 비참할 정도로 야위었는지 전혀 눈치채지 못했다는 사실에 그녀는 깜짝 놀랐다. 그녀의 마음속 슬픔과 동요의 공간에 그에 대한 안타까움이 자라났다. 그를 위해 아무것도 할 수 없다는 것이 잔혹하다는 생각이 들었다. …… 월터가 어떤 상황에서든 존경스럽게 행동할 것이라는 점은 믿을 만했다. 이타성과 신의, 지성과 감성 등 위대한 품성을 갖춘 그를 사랑하지 못한다니 안타까운 일이었다.

자신의 탓이 아니라는 듯 키티는 월터를 '사랑할 수 없고, 아무것도 할 수 없다'고 말하고 있지만, 키티의 속마음은 '사랑하기 싫고, 아무것도 하기 싫다'에 가깝다. 그렇다면 도대체 키티는 왜 월터를 사랑할 수 없을까? 월터에게 안타까움이나 동정심은 일어도 사랑의 감정은 싹트지 않는 까닭은 무엇일까?

키티는 월터를 사랑하지 않기에 월터에게 잘못한 것이 없고 용서를 빌 의무감도 없다고 느낀다. 심지어 그를, 아내의 부정과 배신을 용서하지 못하고 앙갚음하려는 속 좁은 인간으로 치부한다. 자기에게 냉정하게 굴고 스스로를 괴롭히는 월터를 '불행한 사람'이라며 딱하게 여기고 연민을 보이기까지 한다.

어리석은 여자가 부정을 저지른 것이 뭐가 그렇게 중요하단 말인가?

…… 그녀는 이제 그가 조금도 두렵지 않았다. 오히려 그가 안타깝고 다른 한편으로는 그가 좀 어리석다는 생각을 떨칠 수 없었다. …… 그는 어쩌면 그렇게 유머 감각이 없을까? 딱한 노릇이었다.

게다가 공포와 절망의 한복판에서 살아가는 마당에 한 번 부정을 저지른 일에 연연해하는 것은 터무니없어 보이니, 과거 따위는 잊고 그냥 친구처럼 지내자고 한다. 그러나 이 말은 나중에 키티가 찰스에게 그대로 돌려받는다. 자신이 찰스에게 그런 말을 들었을 때 키티는 역겨워한다. 그러면서도 월터에게 소리치고 싶었던 자신의 말에 대해서는 돌아볼 줄 모른다. 키티는 월터의 죽음 앞에서도 단지 인간적인 슬픔만 느낄 뿐 자신의 편의와 자유가 먼저이다. 그러니 월터의 죽음에 눈물이 나지 않을 수밖에. 자신에게 솔직한 사람이라고 해야 할지, 참으로 뻔뻔하고 자기중심적인 사람이라고 해야 할지?

깨달음을 통해 성장해 가는 키티

그러나 키티가 자기중심적이고 속물적인 태도로만 일관하는 것은 아니다. 키티는 수녀원의 고아들을 돌보면서 알게 된다. 전념할 일과 다른 사람과의 만남이 자기를 구원한다는 것을.

키티는 자신이 성장하고 있다는 묘한 느낌에 사로잡혔다. 일을 해나

가면서 그녀의 마음이 달라졌고, 다른 사람들의 삶을 들여다보고 다른 시각을 접하면서 그녀의 상상력이 깨어났다.

또 자기 주위에 펼쳐지는 자연을 통해 인간 애증의 무상함도 느끼게 된다. 그리고 키티는 수녀들과 자신 사이에 가로놓인 이질감의 정체가 무엇일까 고민한다. 어쩌면 그것은 자기중심성에서 벗어났느냐 아니냐의 차이일 것이다. 아직까지 키티는 깨닫지 못하지만.

"그들은 놀라운 사람들이고 너무나 친절해요. 그런데 이걸 어떻게 설명해야 할지 모르겠지만 그들과 나 사이에는 장벽이 있어요. 그게 뭔지는 잘 모르겠지만."

키티는 이러한 깨달음의 과정 속에서 정신적 성숙을 이뤄나가지만, 문득 삶의 안락함을 느끼고는 다시 지난날의 속물성이 되살아나기도 한다.

푹 쉬면 얼마나 상쾌한지, 예쁜 물건들에 둘러싸여 지내면 얼마나 즐거운지, 관심을 받으면 얼마나 기분이 좋은지 그녀는 까맣게 잊고 있었다. 그녀는 안도의 한숨과 함께 사치스러운 동방의 유유자적한 삶 속으로 빠져들었다.

키티는 그런 자신을 되돌아보고는 다시 좌절한다. 땅에 떨어지는 기분을 맛보며 자신을 경멸하고 혐오한다. 자기의 보잘것없음을 직시하는 것은 가슴 아픈 일이지만, 아직 갈 길이 남았다는 신호이기에 긍정적이다. 그녀는 뼈아픈 투쟁의 대가를 치렀으니, 다시 자존심을 회복할 수만 있다면 그것을 감당할 용기도 찾을 수 있을 것이다.

> 그녀는 자신이 정욕과 속된 열정으로부터 자유롭다고 여겼기 때문에, 깨끗하고 건강한 정신적 삶을 영유할 수 있으리라 생각했다. …… 그녀의 자존심이 얼마나 처참하게 산산조각이 났는지를 생각하면 한숨이 절로 나왔다.

이제는 죽은 월터에게 끝내 하지 못했던 일도 가능할 듯하다. 키티는 타인이 나를 사랑하는 것은 나와 무관하거나 당연한 일이 아니라 그것에는 나의 노력과 책임도 요구된다는 것을 깨닫는다. 그리고 마침내 결심한다.

> 그녀가 저지른 잘못과 어리석은 짓들과 그녀가 겪은 불행이 전혀 헛된 것은 아닐 것이다. 이제 희미하게나마 보이는 그녀 앞에 놓인 그 길을 따라간다면, 수녀원의 친애하는 수녀들이 너무도 겸허하게 따랐던, 평화로 이어지는 그 길을 간다면 말이다.

깨달음은 상식과는 다르게 일시적이다. 깨달음은 정서적 경험이라 강렬하지만 지속성이 없고 허약하다. 깨달음은 반복되어야 하고 생활 속에서 단련될 필요가 있다. 그래야만 깨달음은 인격적 통합, 즉 거듭남이 될 수 있다.

우리는 우리의 결심이 얼마나 무력한지 잘 안다. 새해마다 결심을 해본 사람이라면 알 것이다. 그로부터 3일, 30일, 3개월이 지났을 때 어느덧 애초의 모습으로 되돌아간 자신을 발견하고 초라함을 맛보았을 것이다. 극적인 통찰, 커다란 감화로 인한 결심은 공염불이 될 가능성이 크고 우리는 언제 그랬냐는 듯 과거의 모습대로 살아갈 것이다.

깨달음에서 거듭남으로 전환되지 않으면 변화하기 어렵다. 이런 차원에서 키티에게 메이탄푸는 깨달음을 주고 진퇴를 거듭하며 단련하는 시공간이다. 그러나 키티의 깨달음은 거듭남으로 완성된 것은 아니므로 그녀가 메이탄푸를 떠나는 것은 모험의 끝이 아니라 시작이다. 이 소설은 독립된 여성의 성장 이야기로 끝맺음하는 것이 아니라 어쩌면 소설이 끝나면서 진정한 길을 시작하는 소설일지도 모른다. 키티의 새로운 시작점에 거대한 시련이 준비되어 있으니 그것은 소설을 읽고 직접 확인해야 할 독자의 몫이다.

키티에게 남겨진 과제

키티가 깨달음에서 거듭남으로 가는 과정 속에서 해결해야 할 과제는 다음과 같은 것이다.

하나, 자기기만을 경계하고 쉽게 자기변명을 하지 말 것.

둘, 자기가 하고 싶은 것만이 아니라 해야 하는 것에도 충실할 것.

셋, 월터의 사랑과 삶의 태도, 그리고 그의 죽음의 의미를 생각할 것.

이 세 가지 과제는 모두 하나로 연결되는데, 자기중심적인 사람이 되지 말고 타인을 향해 나아가라는 것이다. 자신만 들여다봐서는 성숙의 길잡이를 찾을 수 없다. 각자의 길만 찾다 보면 그것은 물방울로 존재하는 것이지 강물 같은 흐름을 만들어낼 수 없다. 함께 나누고 섞일 공동체가 없다면 각자의 깨달음은 의미를 생산하지 못하고 외롭기만 할 것이다. 자기 자신에게만 집중할수록 자기 행동의 밑바탕이 되는 원칙은 자기 이익과 편의밖엔 남지 않는다.

자기 구원이라는 말은 맞기도 하고 틀리기도 하다. 자기를 스스로 구원한다는 말은 착각이다. 동굴 속에서 울리는 소리를 구원으로 착각하는 것이며, 이는 자기 복제 및 자가 증폭과 다르지 않다. 구원은 원장수녀와 워딩턴, 월터, 찰스와 같은 타자와 외부로부터 온다. 그들을 놓치면 구원의 계기를 잃는 것이다. 그럼에도 타자와 외부는 나를 강제할 수 없고 오직 내가 스스로 받아들이기로 했을 때만 구원의 계기로 작동한다. 그런 점에서 어디까지나 자기가 자기를 구원하는 것이 맞다. 세네카도 이렇게 말했다.

> 스스로를 혼자라고 생각해 매사를 자신의 쓸모 문제로 돌린다면 그 누구도 행복할 수 없다. 설령 혼자서 충분히 살아갈 만하더라도 우리는 반드시 우리의 이웃을 위해서도 살 줄 알아야 한다.

키티의 이야기가 자기 구원의 완결된 이야기일 수도 있고, 여전히 갈 길이 먼, 어쩌면 죽을 때까지 끝나지 않을 진행형의 이야기일 수도 있다. 다만 키티의 깨달음이 일시적인 것이 아님을 태어날 딸에 대한 기대감을 통해서도 확인할 수 있으니, 소설이 끝나고서 계속 전개될 그녀의 인생에 우리는 안심하고 따뜻한 시선을 보낼 수 있으리라.

> "나는 그 아이가 거침없고 솔직하기를 원해요. 그 아이가 스스로 주인으로서 독립된 인격체이길 바라고, 자유로운 남자처럼 인생을 살면서 저보다 더 나은 삶을 살기를 원해요."

2. 사랑과 의무

한 가지 잣대를 기준 삼아 이 소설의 등장인물들을 정렬해 보고자 한다. 그 기준이란 임신한 키티를 메이탄푸에서 떠나보내며 원장 수녀가 해준 다음과 같은 말에서 찾을 수 있다.

> "단 한 가지 중요한 것은 의무에 대한 사랑입니다. 사랑과 의무가 하나이면 은총이 당신 안에 머물 거예요. 그리고 당신은 모든 이해를 초월하는 행복을 맛볼 겁니다."

사랑과 의무. 여기서 사랑은 자기가 스스로 선택하여 하고 싶은 것, 의무란 이와 반대로 자기가 선택하지는 않았으나 해야만 하는 것이라 보았다. 사랑에는 기쁨과 슬픔, 친밀감과 배신감, 갈망과 냉담함 등의 정서가 일어나고, 의무에는 책임감과 그에 따른 보람과 긍지, 혹은 죄책감과 비난 등이 따른다. 사랑이 개인의 영역이라면 의무는 사회적 영역에서 발생하고, 사랑이 욕망이라면 의무는 이성에 해당한다. 사람들은 살아가면서 사랑과 의무를 동시에 혹은 시차를 두고 맞닥뜨리며, 이 둘 간의 관계를 어떻게 조절하느냐에 따라 성공과 행복을 얻을 수도, 실패와 좌절을 겪을 수도 있다. 어쨌거나 둘의 관계를 이상적으로 조화시키는 능력은 타고난 것도 아니고 그렇다고 책을 보고 머릿속에 기억한다고 해서 해결되는 것도 아니어서 애써 경험을 통해 배워야 한다.

사랑과 의무에 따라 나뉘는 인물들

이 소설에서 사랑과 의무가 하나인, 그래서 모든 이해를 초월한 행복을 맛보는 사람은 누구일까? 바로 원장수녀이다. 프랑스의 손꼽히는 명문가 출신인 원장수녀는 상냥함과 다정함으로 인간의 나약함을 포용할 줄 아는 자비의 화신이다. 그녀는 사소하고 무가치한 삶을 희생과 기도의 삶으로 바꾼 자신의 선택에 일말의 후회도 없다. 또 그녀는 말한다. "평화는 일이나 쾌락, 이 세상이나 수녀원이 아닌 자신의 영혼 속에서만 찾을 수 있으며 오직 갈망하기를 그칠 때 그것을 얻을 수 있다."라고. 키티에게 이런 원장수녀는 장벽에 가까웠다. 키티는 원장수녀에게 경외감을 느끼지만 그 장벽의 비밀이 무엇인지 밝혀내지 못한다.

원장수녀의 반대편, 그러니까 사랑 혹은 욕망만 있는 사람은 키티의 엄마인 가스틴 부인이다. 엄격하고 냉혹하며 이래라저래라 군림하길 좋아하고 야심이 많다. 출세하고자 하는 의지가 없는 남편을 나약한 소심쟁이로 경멸하고 가차 없이 들볶는다. 남편을 통해 자신의 성공이 불가능하자 남편 대신 딸인 키티에게 '가혹하고 효과적이며 타산적인 애정'을 쏟아붓는다. 가스틴 부인이 딸에게 바라는 결혼은 그럭저럭 괜찮은 결혼이 아니라 눈부신 결혼이었다. 그녀는 평생 동안 책략과 술책으로 일관했지만 속되고 무가치한 것 이외엔 아무것도 얻지 못했다. 엄마의 야심이 그대로 키티의 허영으로 유전되는 모습을 곳곳에서 확인할 수 있다. 사랑과 의무의 스펙트럼 선상에서 키티 엄마와 비슷한 위치를 차지할 만한 인물로는 찰스도 포함된다.

그렇다면 의무만 있는 사람은 없을까? 바로 키티의 아빠인 가스틴이다. 그는 의무에 시들어가는 초라한 남자로 그려진다. 그는 언제나 자신에게 요구된 것들을 충실히 이행해 왔다. 그는 집안에서 중요한 위치를 차지했던 적이 없었고 그저 당연한 존재였으며 가족에게 더 화려한 것을 제공할 수 없다는 이유로 다소 멸시를 받아야 했으며 돈을 벌어오는 사람에 불과했다. 아내가 죽자 가스틴은 안도감을 느낀다. 마침내 그 모든 세월을 겪고 나서 자신에게 허락된 휴식과 행복을 상으로 받고 싶어 할 찰나, 과부가 되어 기댈 사람 하나 없는 딸 키티가 나타난다. 지지리 복도 없는 인물이다.

나머지 인물들은 자신만의 방법으로 저울의 양편에 사랑과 의무를 놓고 균형을 맞춰가는 인물들이다. 사랑에서 출발해 사랑과 의무를 통합하는 방향으로 움직이는 인물로 월터가 있다.

복잡하고 아리송한 인물, 월터

가스틴에 따르면 월터는 '보기 드물게 똑똑한 젊은이'이고, 찰스는 월터를 '단연코 브리지클럽의 최고 선수'로 평가했다. 그래서일까, 키티가 무엇 때문에 자신과 결혼했는지 알고 있으며 찰스가 결국 비겁하게 키티를 실망시킬 것까지 정확하게 내다본다. 다만 세상사에 서툴고 주변머리가 없다는 점이 문제이다. 월터는 찰스가 추구하는 부나 명예, 사회적 지위나 승진, 세상 사람들의 시선에 무심하며, 진심을 드러내는 데 서툴러 사랑을 고백할 때조차 박력 없고 지루할 정도이다. 아내에게도 지나친 예의를 차리지만 다정하고 사려 깊은 사람이다.

월터는 수녀들을 비롯한 메이탄푸의 사람들에게 그 능력뿐 아니라 사려 깊고 친절한 모습을 인정받아 영웅과 성자로 존경받지만 유독 키티에게만은 차갑게 대한다. 키티를 쳐다보지도 않을뿐더러 키티와 말할 때 그의 목소리는 다른 사람 같다. 그러나 키티는 월터가 돌볼 사람이 없는 불쌍한 환자들에게 최선을 다하는 모습을 보고는 '이타성과 신의, 지성과 감성 등 위대한 품성'을 갖춘 존재라고 생각한다. 예전엔 '건방진 우월감과 자제력'이라고 비아냥했는데 말이다.

그렇다면 이렇게 위대한 품성을 가진 월터는 왜 메이탄푸로 간 것일까? 그것도 가기 싫어하는 아내를 반강제로 데리고.

월터가 자신의 사랑을 배신한 키티에게 복수심이나 응징하려는 마음을 갖는 것은 매우 자연스럽다. 그러나 월터는 키티가 임신했다는 소식을 듣고는 키티에게, 메이탄푸가 몸을 돌보기에 적합한 곳이 아니니 떠날 것을 권유한다. 월터는 키티를 응징하려고 콜레라가 들끓는 곳으로 데리고 왔다. '처음에는' 그랬다. 그렇다면 '그 다음에' 월터의 생각이 변했단 말인가? 이 질문은 '월터가 아내의 부정을 알고 난 뒤에도 여전히 아내를 사랑했는가, 사랑할 수 있었는가?'라는 질문과 같다.

월터는 키티의 속물성을 모르고 사랑한 것도 아니고 속아서 결혼한 것도 아니다. 사랑은 참으로 이상하고 묘한 열정이어서 차분하게 판단하거나 이성적으로 통제되지 않는다. 월터는 키티가 자기와 어울리지 않는다는 것을 머리로는 분명히 알고 있었을 것이다. 어쩌면 자신을 불행하게 할지 모른다는 것도 짐작했을지 모른다. 찰스에 대한 그의 예리한 판단을 보면 충분히 그랬을 것 같다. 그럼에도 그녀를 사랑하지 않을 수 없었고, 그것은 그의 머리로는 감히 거역할 수 없는 것이었으리라. 그런데 키티는 따분하고 지겨워 단 하루도 월터와 결혼한 것을 후회하지 않은 날이 없었다. 나중에 월터가 어떤 사람인지 알게 되자 그를 존경하고 자랑스러워하지만, 그럼에도 끝내 월터를 도저히 사랑하지는 못한다.

사랑에는 이유가 없다. 사랑의 시작에 이유가 없다면 사랑의 멈춤에도 이유가 없다. 어쩌면 사랑에 이유가 없다는 생각은 그냥 무작정 받아들이고 싶은 일종의 믿음일지도 모른다. 그래야 사랑이 성스럽고 낭만적으로 보이니까. 키티와 함께 메이탄푸에 온 월터는 키티를 사랑하는 것을 그만 멈추게 되었을까, 아니면 제발 멈추기를 희망했을까? 서머싯 몸의 명언 중에는 이런 말이 있다. "인생의 크나큰 비극은 죽는 것이 아니라 사랑하기를 그만두는 것이다(The great tragedy of life is not that men perish, but that they cease to love.)."

"나를 경멸하나요, 월터?"

"아니. 나 자신을 경멸해."

"왜 스스로를 경멸하죠?"

"당신을 사랑했으니까."

월터는 '어찌할 수 없는(이유가 없는)' 사랑에서 비롯한 실망과 불행을 기꺼이 책임지고 싶었던 건지도 모른다. 키티를 원망하고 비난할 수도 있었을 텐데 그는 그렇게 하지 않는다. 여기서 월터와 키티는 극명하게 갈린다. 사랑한 사람은 사랑의 결과까지 책임질 의무를 도맡는다. 원망과 비난 대신 키티의 죄를 용인하는 것도 월터의 몫이고, 자기 자신을 경멸하는 것도 월터의 몫이다. 월터가 느끼는 사랑과 경멸의 감정은 비참할 정도로 정직하다. 하지만 사랑을 받는 사람은 단지 자신이 사랑한 것이 아니라는 이유로 사랑의 결과에 대한 (그것이 비극적일 경우에는 더더욱) 책임과 의무로부터 자유롭다. 키티는 월터의 사랑 따윈 없어도 메이탄푸에서 "지금처럼 행복한 적은 내 인생에 없었어요."라고 말한다. 그녀는 월터와의 관계를 정직하게 성찰하는 대신 회피하고 외면한다. '사랑을 하는 사람과 사랑을 받는 사람은 항상 따로 있다'는 것이 사랑의 또 다른 비극적 측면이다. 월터가 임신한 키티에게 떠날 것을 권유하는 장면을 살펴보자.

"나를 여기 끌고 왔을 때 당신은 내가 병으로 죽기를 원했죠?"

"처음에는."

"쓸데없이 터무니없는 위험을 감수하려고 했군요. 만약 내가 죽었다면 당신의 그 예민한 양심이 당신 자신을 용서했을까 싶네요."

"글쎄, 당신은 안 죽었어. 보란 듯이 잘 이겨냈지."

"지금처럼 행복한 적은 내 인생에 없었어요."

공포와 절망의 무대 한복판인 메이탄푸에서 죽음을 넘나들며 최선을 다해 환자들을 돌보느라 비참할 정도로 야윈 월터. 남편을 사랑하지 않을뿐더러 부부의 의무에 충실하지 않고도 용서를 구하기는커녕 오히려 잘 살아가는 키티. 어느 때보다 사랑과 배려가 절실할 월터의 눈에 키티는 어떤 모습으로 비칠까?

월터는 콜레라에 걸려 메이탄푸에서 죽는다. 그의 죽음은 우연한 사고일까, 스스로 의도하여 선택한 것일까? 스스로 선택한 것이라면 그 이유는 무엇일까? 이러한 의문들에 앞서 월터라는 인물을 마저 이해해 보자.

'사랑과 의무'라는 기준으로 볼 때, 이 소설에서 월터와 가장 가까운 사람은 원장수녀이다. 그렇다면 원장수녀와 월터는 얼마나 닮아 있을까?

원장수녀는 월터가 하늘이 보내주신 성자이고 그의 친절과 희생에 메이탄푸 전체가 크게 의지하고 있다며 극찬한다. 키티가 원장수녀와 월터에게서 '거북스러운 위대함'을 느낀다는 점에서도 닮았다. 그 위대함이란 세속적인 것으로부터 초연하다는 점이다. 원장수녀와 월터는 평범한 일상사의 개인적 욕망에서 벗어나 있다. 그들은 일상적인 것보다 더 크고 가치 있는 무언가를 추구하며 살아간다. 원장수녀에게 그것은 신앙이고 그것으로부터 보편적

인류애가 나온다. 월터가 추구하는 것은 명확하지 않다. 워딩턴이 보기엔 인류애도 아니고 세균학자로서의 과학적 사명감도 아니다. 어쨌든 인간적인 욕망이나 세속적인 것으로부터 초연한 모습이 성스러움을 자아내고 그 성스러움은 존경과 경외의 대상이 된다. 이것이 키티가 그들에게 느낀 장벽의 실체이고 키티가 그들을 이방인처럼 느끼는 이유이다.

그렇다고 원장수녀와 월터가 동급은 아니다. 월터가 죽지 않았다면 사랑과 의무가 통합된 원장수녀쯤 되었을지 모른다. 하지만 이 둘 사이에 한 가지 명확하게 다른 점이 있다. 원장수녀의 사랑과 의무는 대상을 가리지 않고 이해타산이 없으며 망설임과 주저함이 없다. 특정 개인이나 특정 조건에 얽매여 있는 것이 아니라 모든 사람, 모든 상황에 열려 있다. 그러나 월터에겐 단 한 가지 예외가 있다. 바로 키티. 월터는 메이탄푸의 환자들과 고아들을 사랑하는 것처럼 키티를 사랑할 수 없다. 사랑하기를 멈춘 것일까, 다시 사랑하기 위해 힘겹게 노력 중일까? 어찌 됐건 월터에게 키티는 통과의례의 공간, 메이탄푸가 던져준 화두이다.

우리의 현실적이고 상식적인 사랑에는 구체적 대상이 있고 자신의 좋고 싫음이 반영된다. 그런데 여기에는 한계가 뚜렷하다. 구체적 대상이 사라지거나 배신하면 고통과 원망으로 변한다는 점이다. 그래서 종종 사랑은 증오의 모습으로 나타나기도 한다. 사랑의 대상이 구체적인 것에서 보편적 존재로 확대될 경우, 사람들은 이런 사랑을 가리켜 '인류애' 혹은 '아가페'라고 한다. 환자들과 고아들에 대한 원장수녀의 사랑은 내리사랑이고 무조건적 사랑이다. 이런 사랑은 평범한 사람들에겐 비현실적이고 때론 비인간적으로까지 여겨진다. 오직 자신보다 더 큰 존재를 만나고 받아들이는 경험을 통해서만 그것이 가능하기 때문이다. 이것이 바로 거듭남이다.

월터는 가장 가까운 존재인 키티에게는 냉정하고 다른 사람들에게는 친절하다. 이것을 깨트리는 것이, 그래서 보편적 사랑으로 넘어가는 것이 메이탄푸에서 월터가 맞닥뜨린 과제이다. 그래서 월터의 죽음은 우리에게 또다시 질문을 던진다. 그는 통과의례에 실패한 비극적 영웅인가, 아니면 죽음으로 통과의례를 완결한 성자인가?

3. 미친개와 채색된 베일

서머싯 몸은 "이 소설은 인물이 아니라 이야기를 먼저 구상하고 인물을 배치했다."라고 말했다.

> 이 작품은 내가 인물보다 이야기를 소설의 출발점으로 삼은 유일한 소설이다. …… 이야기에 맞게 등장인물들이 선택되었기 때문에 나

는 점진적으로 캐릭터를 발전시켰다. 그들은 내가 오랫동안 각기 다른 상황에서 알고 지내온 사람들을 재료 삼아 탄생했다.

이 소설을 읽으며 '서머싯 몸은 왜 월터가 아니라 키티를 주인공으로 내세웠을까?' 하는 의문이 들었다. 서머싯 몸은 위대한 사람을 별로 좋아하지 않았다. 그는 나약하고 평범한 보통 사람들을 더 사랑했고, 그들의 위선과 이중성을 폭로하면서도 그들을 따뜻하게 감싸 안았다. 월터를 전면에 내세우면 그것은 비범한 사람의 이야기가 될 수 있다. 물론 월터도 완벽하게 비범하지 않으며, 미련과 집착, 경멸과 무시 등 평범한 사람들의 인간적인 나약함을 가졌을 것이다. 그럼에도 소설을 읽어가며 끊임없이 실소를 자아내게 하는 키티만큼은 아니다.

키티는 더디게 나아가며, 나아갔다가 제자리로 돌아오기를 수차례 반복한다. 그래서 이 소설은 '진정한 사랑, 용서와 화해, 삶의 의미를 되짚는 감동적인 대서사시'라고 평가받기보단 '불투명한 삶 속에서 성장을 위한 불완전한 인간의 고군분투기'에 더 가깝다. 평범한 키티를 주인공 삼아 이야기를 쓴 것은 작가의 따뜻한 연민이 작용한 결과일지 모르겠다.

월터는 죽으며 수수께끼 같은 말을 남긴다.

"죽은 건 개였어."

이 말은 영국 작가 올리버 골드스미스가 1766년 출간한 소설 《웨이크필드의 목사》에 삽입된 시 〈미친개의 죽음에 관한 애가(哀歌)〉에 나온다.

이슬링턴이라는 마을에 친절하고 온화하며 경건한 삶을 살아 착하다고 소문난 남자가 있었다. 그 남자는 동네의 개들 가운데 한 마리와 친구가 되었는데 사이가 안 좋아지자 그 개가 그만 남자를 물어버린다. 그러자 마을 사람들은 놀라 도망치며 그 개가 미쳐서 착한 남자를 물었다고, 그래서 남자가 곧 죽을 거라고 확신했다. 그런데 그들의 예상은 빗나갔다. 남자는 물린 상처가 나았고 정작 죽은 건 그 개였던 것이다.

이 시에는 반전이 있다. 누가 착하고 누가 미쳤는가? 동네 사람들은 그 남자는 착하고 개가 미쳤다고 말한다. 미친개가 착한 남자를 물었으니 당연히 착한 남자가 죽을 것이고 미친개는 벌을 받아 마땅하지 않겠는가? 그러나 그게 아니었다. 남자는 멀쩡해졌고 개는 죽었다. 희생자는 개였던 것이다. 그렇다면 다시, 누가 착하고 누가 미쳤는가? 정작 착한 줄로만 알았던 남자가 더 센 독을 가져서 미친개를 죽인 셈이니, 인간의 위선 뒤에 감춰진 독이 얼마나 위험한 것인가? 어쩌면 개가 남자를 문 이유도 남자의 이중성을 간파했기 때문일지 모른다. 섬뜩한 풍자가 담긴 반전이다.

이러한 맥락에서 월터의 마지막 말을 되새겨 보자. 죽음을 맞는 이는 월터이므로 '미친개'에 해당하는 사람은 월터 자신이고 미친

개가 물었던 남자, 사실은 더 강한 독을 숨기고 있던 존재는 키티이다.

월터는 자신이 사랑하는 아내 키티가 부정을 저지르자 콜레라가 득시글거리는 메이탄푸로 데려가 죽음으로 내몰려 한다. 그러나 메이탄푸에서 자멸할 줄 알았던 키티는 정작 활기를 띤다. 그것도 월터의 관심과 사랑 없이도. 메이탄푸에서도 키티는 여전했다. 그녀의 속물성과 자기중심성, 자기기만과 이중성은 지칠 줄 모른다. 자멸까진 아니어도 참회 정도는 기대했던 월터는 절망한다. 게다가 벌을 받아야 할 키티가, 치유받고 속죄해야 할 키티가 오히려 월터를 불쌍하게 여긴다. 그리고 결국 월터는 죽음을 맞으며 자신이 '미친개'였음을 깨닫는다.

월터는 자신의 삶의 방식으로 그녀를 변화시키고 변화의 결과로 자신을 사랑하도록 만들려 했으나 그럴 수 없었다. 또 그는 높고 위대한 보편적 사랑을 추구했지만 키티에 대한 개인적 사랑에서 자유롭지 못했다. 결국 인생의 베일을 걷어내지 못한 채 죽음에 이른 것이다.

이 소설의 원제는 'The Painted Veil'인데, 영국 시인 셸리가 1818년에 발표한 시 〈채색된 베일을 걷지 말라(Lift not the painted veil)〉에서 따왔다고 한다. 소설도 시의 첫 소절을 인용하면서 시작하므로, 이 시를 이해하는 것은 《인생의 베일》의 주제나 의미를 이해하는 열쇠가 된다. 시는 다음과 같다.

살아 있는 자들이 삶이라 부르는 채색된 베일을 걷지 말라
비록 거기에 허위의 형상들이 그려져 있을지라도
또 우리가 믿고자 하는 모든 것을 대충 칠한 색깔로 단지 흉내만 냈을지라도
베일 뒤에는 공포와 희망이라는 쌍둥이 운명이 도사리며
보이지 않고 암울한 틈 너머로 그것들의 그림자를 짜 넣고 있나니
나는 베일을 걷은 사람을 알고 있다
낙담한 그의 마음은 상처 입기 쉬웠으므로 사랑할 것들을 구하였으나 찾지 못했다
아, 거기에는 세상에 속한, 그가 괜찮다고 생각하는 어떤 것도 또한 없었다
그리고 그가 부주의하게 행한 많은 것들 사이에서
그림자들 사이의 한 줄기 장엄함이나
이 우울한 풍경 위에 빛나는 한 줄기 빛나는 얼룩
진실을 위해 분투하는 한 줄기 영혼
그 어떤 것 하나도 찾지 못했다, 〈전도서〉의 설교자처럼.

이 시에 등장하는 '베일을 걷은 사람'은 채색된 베일 너머에 있을 것이라고 믿었던 그 어떤 것(진리나 이상일 수도 있고 아름답고 영원한 실재일 수도 있는 것)도 찾지 못한다. 어쩌면 형형색색으로 채색된 베일로 덮인 세상만이 전부이며 실재일지도 모른다. 서머싯

몸은 말한다. "삶은 덧없는 환영일지도 모르지만, 우리는 그 환영의 캔버스 위에다 각자 다채로운 무늬를 짜 넣고 있으며, 그것들은 그 자체로 아름다운 것이다."라고. 그러하다면 이 세상을 사는 지혜란 무엇인가? 베일이 드리워진 세상일지라도 그대로 받아들이고 견디며 살아가는 것이 삶의 자세일 수도 있겠다. 그러나 이것만이 삶의 유일한 자세일까? 허무와 공포, 고뇌만 남을지라도 차라리 베일을 걷어내고 위선과 허영을 정직하게 바라보는 것, 실패를 알고도 담담하게 용기를 내는 것, 이러한 자세를 어리석다고 말하긴 어려울 것이다. 이것도 인정받아 마땅한 아름답고 다채로운 삶의 일부이기 때문이다. 워딩턴은 키티에게 도(道)를 설명하면서 '위대함은 스스로를 극복한 자의 것'이라는 말로 맺는다.

시간 속을 헤치고 나가는 모든 사람들은 자신의 이야기를 만들어 나가고 있다. 자신의 캔버스에는 저마다의 붓으로 자기만의 무늬를 채색하고 있고, 그것을 그려낸 손에는 역시 저마다의 얼룩과 상처가 있을 것이다. 《인생의 베일》 속 인물들은 모두 각기 나름대로 환영 속에서 사랑과 행복을 추구하지만 잔혹한 운명과 각자의 미성숙과 한계 속에서 갈등과 고뇌를 자아낸다. 각자는 다행과 불행에 웃고 울겠지만, 누군가 멀찌감치 높은 곳에서 모두를 관망한다면 각자의 미완성된 조각들이 모자이크처럼 모여 분명 아름다운 큰 그림으로 보일 것이다.

원장수녀가 이런 말을 한다. "마음을 얻는 방법은 딱 하나입니다. 자신이 사랑을 주고 싶은 대상처럼 자신을 만들면 되지요." 월터는 자신이 사랑하는 키티와 조금 더 비슷해지면 안 되었을까? 너무 숭고하지 않게, 때론 자기중심적인 속물처럼. 반대로 키티는 월터의 마음을 얻기 위해 조금만 더 월터 곁으로 다가갔으면 좋지 않았을까? 조금 더 위대하게, 때론 자기를 즐겁게 희생하며.

우리는 무엇이 두려워 자기 자신을 놓지 못하고 자기 자신만 붙잡고 있는 것일까? 자기 구원은 나와 이웃, 그리고 보이지 않는 이웃까지 환대하는 것에서 시작될 터이다.

> 지금 이 세상 어디선가 누군가 울고 있다. 세상 속에서 까닭 없이 울고 있는 사람은 나를 위해 울고 있는 것이다.
>
> – 라이너 마리아 릴케의 〈엄숙한 시간〉에서

면도날

The Razor's edge, 1944

작품의 줄거리

서머싯 몸은 상류 계층과 사교활동을 즐기고 사교계 인맥을 목숨만큼 중요하게 생각하는 엘리엇과 오랜 친구였다. 그를 통해 그의 조카 이사벨, 그녀의 약혼자 래리, 이사벨을 혼자 좋아하는 그레이, 친구 소피를 알게 된다. 곧 결혼할 것 같았던 이사벨과 래리는, 래리가 갑작스럽게 파리로 가겠다고 하면서 삐그덕거린다. 래리는 비행기를 탈 수 있다는 기대로 참전했던 전쟁에서 친구가 눈앞에서 한순간에 죽는 것을 목격한다. 그 뒤로 지금껏 살아왔던 삶에 혼란을 느끼며 학업이나 취직 모두 거부하고 인생의 목적을 찾길 원했다.

2년 후 이사벨이 래리를 다시 찾았을 때, 래리는 여전히 삶의 여러 의문들에 대해 머리와 가슴으로 납득할 수 있는 대답을 찾고 있다며 지금 그만둘 수 없다고 한다. 한창 성장하고 있는 미국에서 남자가 해야 할 일은 돈을 버는 것이라는 생각을 가진 이사벨은, 끝없이 인생의 의미를 찾는 래리를 이해할 수 없었다. 그런 래리에게 인생을 맡기는 것이 불안했던 이사벨은 약혼을 깨어버리고 평소 자신을 좋아했던 증권게 재벌 아들인 그레이와 결혼한다.

서머싯 몸이 래리를 다시 만난 건 시간이 한참 지난 뒤였다. 래리는 소시민의 평범한 행복을 포기한 채 프랑스 탄광촌, 독일의 농장과 수도원, 스페인과 이탈리아까지 여러 곳을 떠돌다 마침내 인도에 이르러 수행을 하던 중에 강렬한 체험을 하고 새로운 사람이 되어 파리로 돌아온 것이다. 한편, 결혼해서

딸 둘을 낳고 돈도 많이 모아 행복한 삶을 보내던 이사벨과 그레이 부부는 대공황으로 주식시장이 폭락해 재산을 모두 잃고 삼촌 엘리엇이 마련해 준 파리 아파트에서 지내게 되었다.

서머싯 몸과 이사벨 가족, 엘리엇은 파리에서 재회하게 되는데, 이때 이사벨의 호기심으로 들른 허름한 술집에서 어릴 적 친구 소피를 만난다. 소피는 순수하고 문학을 좋아하던 아이였지만, 남편과 아들이 교통사고로 갑자기 죽고 나서 술과 마약에 빠져 망가진 삶을 살고 있었다. 이사벨은 그런 소피에게 거부감을 느끼지만 래리는 오히려 소피와 결혼해 그녀를 도와주려고 한다. 여전히 래리에게 감정이 남아 있던 이사벨은 교묘한 농간으로 소피가 스스로 결혼을 내팽개치고 잠적하게 만든다.

그 뒤 소피는 칼에 목이 잘린 채 강에서 시체로 발견되고, 엘리엇은 병이 들어 우스꽝스럽고 낡은 귀족 의상을 입은 채 홀로 세상을 떠난다. 그레이는 엘리엇이 죽으면서 물려준 유산으로 석유 사업을 시작해 미국으로 돌아가고, 래리는 가지고 있던 국채를 모두 없애고 소박한 생활을 하며 자신이 얻은 인생의 해답으로 세상에 조금이라도 좋은 영향을 끼치며 살기로 결심한다.

한 쌍의 젊은 남녀가 있다. 남자는 래리이고 여자는 이사벨이다. 이들은 어려서 같이 자랐고 커서는 서로 사랑을 확인하고 약혼한 상태이다. 그런데 결혼을 앞두고 이들에게 심각한 의견 차이가 생긴다.

"그런데 왜 취직을 안 하겠다는 거야?"

"왜냐고? 난 돈에 관심이 없어."

"래리, 말도 안 되는 소리 하지 마. 사람은 돈이 없으면 살 수 없어."

“나도 조금은 있어. 내가 하고 싶은 걸 할 수 있을 만큼은 있다고.”

돈에는 관심이 없고 그저 빈둥거리고 싶다는 남자와 직업을 통해 사회활동을 하는 건 개인의 자존심과 시대의 의무라고 생각하는 여자. 이들은 과연 결혼에 이를 수 있을까? 이들은 결혼하지 못한다. 누구 때문이라고 생각하는가? 누가 먼저 상대와의 결혼을 포기했을까?

남자가 하고 싶은 일은 신과 악, 영혼 같은 현실을 살아가는 데 별반 도움이 안 되는 문제의 해답을 찾는 것이다. 그것이 얼마나 걸릴지, 찾을 수 있기나 한 것인지 장담할 수 없다. 남자도 자신이 하고 싶은 일이 상식적이고 평범하지 않다는 것을 인정한다. 여자는 그런 남자를 설득하려 한다. ‘당신이 나름대로 열심인 것은 맞다, 그러나 초점을 잘못 맞췄다, 당신이 열중해야 하는 것은 일과 모험이다, 당신에게 필요한 건 그것을 마주할 용기와 책임감이다.’ 그러나 평행선을 달리는 두 사람은 결국 자신의 입장을 양보하지 않는다. 과연 서로 사랑하기는 하는 걸까? 사랑한다면 상대방을 위해 자신의 욕구나 가치를 희생할 수도 있는 것이 아닐까?

“당신은 정말 너무 현실감각이 없어. 내가 뭘 원하는지 전혀 모른다고. 나는 아직 젊고, 인생을 즐기고 싶어. 남들이 하는 것들을 하고 싶단 말이야.”

여자는 남자가 현실감각이 없다고 탓한다. 그러면서 예쁜 옷, 파티, 골프, 자동차 등 화려하게 삶을 즐기고 싶은 자신의 속내를 드러낸다. 희망도 없이 구질구질하고 시시하게 살고 싶지 않다고. 그러면서 일을 통해 사회에 기여해야 한다고 말한다. 하지만 그 말은 어쩌면 자신의 욕망을 감싸는 명분일 수도 있다. 남자는 소박하게 살더라도 정신적 세계를 추구하는 것이 삶을 즐겁고 풍성하게 한다고 말한다. 그리고 그러한 삶을 포기하라는 것은 자신의 영혼을 배신하고 목숨을 버리라는 것과도 같다고 한다. 자, 이쯤 되면 두 사람의 입장 차이가 무엇인지 윤곽이 잡혔을 것이다. 남자와 여자 가운데 누구에게 더 호감이 가는가? 누구의 편을 들어주고 싶은가?

1. 각자의 성공담

여기까지 읽으면 《면도날》이라는 작품이 마치 청춘 남녀의 사랑 이야기처럼 보일 것이다. 그러나 그렇지 않다. 《면도날》은 미국 청년 래리의 정신적 방황과 성숙, 구원의 과정을 그린 성장소설이다. 그 성장의 과정을 쫓아가는 관찰자(소설에서 화자는 유명 작가로 등장하고 이름도 '서머싯 몸'이다.)는 래리와 관련된 여러 인물들을 보여주고 있다.

소설 속 등장인물들을 이해하려면 시대적 배경을 알아야 한다. 이 소설은 1919년부터 1930년대 초반까지 미국과 프랑스, 영국을 배경으로 전개된다.

1920년대 미국은 경제적 호황기를 누렸다. 당시 미국 사회를 '광란의 20년대'로 표현하기도 한다. 제1차 세계대전(1914-1918)으로 유럽은 심하게 망가졌고 전후 복구에 매달리며 제자리걸음을 하고 있었다. 전쟁에서 승리한 영국과 프랑스도 천문학적인 재건 비용으로 허덕였다. 반면, 미국은 애초 전쟁에 참여하지 않겠다던 정책을 펴다가 1917년에야 뒤늦게 참전했으며 오히려 전쟁 특수를 누려 세계 경제의 중심지로 떠오른다. 유럽은 전쟁으로 산업시설들이 파괴되어 공산품을 제대로 생산할 수 없었던 반면, 미국은 본토에 피해가 없었기 때문에 전후 세계 제조업을 주도하게 된 것이다. 전 세계 제조업의 42%를 미국이 차지할 정도였다. 또 자국의 자본만으로 전쟁 비용을 감당할 수 없었던 유럽에 미국의 월스트리트 금융자본이 유입되면서 미국은 세계 최대 채무국 중 하나에서 채권국으로 탈바꿈한다.

미국의 산업과 사업은 번창했다. 그 결과 1921년에서 1929년까지 주가는 다섯 배나 올랐고 국민소득도 연평균 약 3.7%나 성장했다. 전기가 보급되고 각종 가전제품, 세탁기와 자동차, 라디오가 대중화되면서 풍요로운 소비문화가 활짝 피어났고, 경제적 번영과 미래에 대한 장밋빛 기대감이 사회 전반에 널리 퍼졌다. 라디오 보급으로 미국 전역에 재즈 열풍이 분 것도 이때이고, 피라미드식 다단계 사기 수법이 등장한 것도 이때이며, 금주법 시행으로 마피아 및 불법 주류 제조업자들이 떼돈을 번 것도 이때이다. 그러나 광란의 20년대는 1929년 세계대공황으로 막을 내린다.

이사벨이 욕망하는 삶의 모습은 이러한 시대를 배경으로 한다.

"유럽의 시대는 이제 끝났어. 미국이 세계에서 가장 위대하고 강력한 나라야. 앞으로도 대단한 속도로 발전할 거고. 우리는 모든 걸 가지고 있어. 조국의 발전에 참여하고 이바지하는 게 당신의 도리 아니겠어? 지금 미국에서 사는 게 얼마나 신나는 일인지, 당신은 모르고 있어."

이사벨, 이사벨이 래리와 헤어지고 결혼한 그레이, 그리고 그레이의 아버지 헨리는 이 시대 미국인의 자연스러운 삶의 태도와 욕망을 대변하는 인물들이다. 심지어 그레이와 헨리는 주식과 채권 등으로 투자자들의 재산을 관리해 주는 증권회사 사업가로 나온다. 그리고 1920년대 이사벨의 생각과 욕망은 오늘날에도 유효한 듯 보인다.

이사벨은 돈이 중요하다는 사실을 본능적으로 인식하고 있었다. 그녀가 생각하기에 돈은 곧 힘과 영향력을 의미했고 사회적 지위도 의미했다. 남자가 돈을 벌어야 한다는 것은 너무나도 당연한 일이었다.

자신의 존재감은 돈을 통해 증명할 수 있고 돈을 벌기 위해선 사회가 요구하는 직업이나 일을 가져야 한다는 생각은 아직도 우리를 강력하게 사로잡고 있다. 청년 취업 문제나 실업률은 여전히 우리의 주된 관심사 중 하나이다. 이 소설을 읽으면서 가장 우리와 닮았고 그래서 쉽게 공감할 수 있는 인물이 있다면 이사벨이다. 그것은 이사벨이 지극히 평범하기 때문이다.

반면, 래리는 독특한 자신만의 삶을 살기로 결정하고 그 삶을 포기하지 않고 끝까지 추구하는 인물이라는 점에서 평범하지 않다. 예외적인 인물이다. 또 이 소설의 다른 인물들은 오직 자신이 타고난 욕망과 본성에 충실한 삶을 살 뿐 변화하는 모습을 보여주지 않는다. 1929년 뉴욕 주식시장 폭락으로 이사벨과 그레이가 경제적인 어려움에 처했지만 그렇다고 그것이 그들의 삶의 궤적을 바꾸거나 깨달음을 가져다주지는 못했다. 오직 래리만이 주변의 인물과 자신의 경험을 통해 삶의 방향을 바꾸고 성숙해 가는 유일한 인물이다.

래리는 열여덟 살에 나이를 속이면서까지 제1차 세계대전에 항공대 조종사로 참전했는데, 그전에는 정말 평범한 인물이었다. 그의 가장 큰 장점은 삶에 대한 의욕이 넘친다는 것이었다. 그리고 산만하게 보일 만큼 쾌활하고 명랑해서 그와 함께 있으면 늘 즐거웠다. 그러나 제대 후 고향에 돌아온 그는 변해 있었다. "갑자기 낯선 곳에서 잠이 깨고 나서 자기가 어디 있는지조차 모르는 몽유병 환자 같았다." 일 년 넘게 학교로 돌아가지도, 직업을 구하지도 않았다. 그저 빈둥거리고 싶다며 남몰래 하루종일 책만 읽었다. 과연 그에게 무슨 일이 있었던 걸까?

적진을 정찰하고 보고하라는 명령을 받고 출동한 래리는 가장 친한 친구가 자기의 목숨을 구하려다 대신 죽은 것을 직접 눈으로 보게 된다. 독일군한테도 적대감을 품지 않고 또 싸울 때도 마치 장난처럼 신나게 싸우던 독특한 친구였고, 전쟁이 끝나면 아일랜드 아가씨와 결혼한다던 친구였다. 자기가 죽을 수도 있다는 생각을 한 번도 안 해봤을 스물두 살의 친구.

"한 시간 전까지만 해도 쌩쌩하던 녀석이 죽은 모습으로 누워 있던 게 떠올라. 그러면 모든 게 얼마나 잔인하고 얼마나 무의미한가, 하는 생각이 들어. 인생이란 대체 무엇인가, 산다는 것에 의미가 있는가, 아니면 삶이란 눈먼 운명의 신이 만들어내는 비극적인 실수에 불과한 것이 아닌가, 하는 생각을 하지 않을 수가 없어."

조금 전까지만 해도 살아 있던 사람이 죽은 것을 목격한다면, 그 죽은 사람의 몸뚱어리가 "이제 아무짝에도 쓸모가 없어져서 먼지 가득한 구석에 쌓여 있는 꼭두각시 인형들"처럼 보인다면, 그 사람의 죽음이 나의 죽음이 될 수도 있다는 느낌이 든다면, 인생의 무상함을 느끼며 삶과 죽음, 인생의 목적과 의미에 대해 생각해 볼

만하지 않겠는가?

이사벨과 헤어진 래리는 하루에 8~10시간 책을 읽고 지식을 얻으면서 자신의 눈 앞에 펼쳐진 드넓은 정신세계를 여행하고 싶은 열망으로 가득 찬다. 그리고 마침내 여행을 떠난다. 탄광에서 육체노동을 하는가 하면, 시골 농가에서 일을 돕기도 하고, 세계 일주 유람선 갑판원으로 지내기도 한다. 독일과 스페인, 이탈리아, 중국, 미얀마를 거쳐 인도에 이른 그는 마침내 살아 있는 성자를 만나 평화를 얻는다.

이 소설에서 주목할 만한 또 다른 인물이 있다면 이사벨의 외삼촌, 엘리엇이다. 이사벨이 근대적 인물의 전형이고, 래리는 근대를 초월하고자 하는 인물이라면, 엘리엇은 몰락해 가는 구시대적 인물이다. 속옷에 자기 이름 머리글자와 함께 백작을 나타내는 왕관 모양을 수놓을 정도로 신분에 집착하고, 사람을 만날 때 사회적 신분 말고는 아무것도 관심이 없다. 운 좋게 재산을 모은 그는 파리와 런던의 유서 깊은 가문 사람들로 구성된 사교계에 그의 재산을 쏟아붓는다. 그가 사교계 사람들과 친밀한 관계를 유지하려는 데는 특별한 목적이 없다. 파티에 초대받고 초대하고 하는 것 자체가 자신이 상류사회에 속해 있다는 느낌을 주고, 그들 사이에서 자신을 돋보이도록 사교술과 주도권을 발휘하는 것이 그저 즐거울 따름이다. 상류사회는 그의 인생의 전부였고 파티는 숨구멍과도 같은 것이다. 그는 죽기 전에 가톨릭 주교에게 이렇게 말한다.

"저는 평생을 유럽의 최고 상류사회에서만 살았으니 틀림없이 하늘에서도 최고의 사교계에서 살게 될 겁니다. …… 천국에도 빌어먹을 평등 따윈 없을 겁니다."

생산적인 일에 손가락 하나 까딱하지 않고, 파티에 목숨을 걸며 화려한 치장과 번거로운 예의와 실용적이지 않은 우아함을 추구하는 사람이야말로 속물이다. 화자도 그를 가리켜 "대단한 속물, 부끄러움을 모르는 속물"이라고 평한다. 그러나 엘리엇은 자신의 속물근성은 돌아보지 않고 오히려 다른 사람에게 속물이라고 멸시하는 데는 거리낌이 없다.

또한 엘리엇은 시대적 변화에 따라 상류사회와 귀족 사교계가 변질되는 것을 안타깝게 여긴다. 그럼에도 그에겐 나름의 미덕이 있다. 체면을 차리고 잘난 체하는 허식이 있음에도 파산한 이사벨과 그레이를 선뜻 자신의 널찍한 파리 아파트에 머물게 한다. 자신의 평판 때문이긴 하지만 언제나 늙은 하녀들, 충실한 비서들, 가난한 친척들에게 다정한 말을 건네고 진심 어린 미소를 보내는 사람이기도 하다. 심지어 죽기 직전, 자신을 고의적으로 파티에 초대하지 않았던 공작부인에게 전하라며 자신의 말을 받아 적게 하는 장면에선 유머러스하고 귀엽기까지 하다.

"엘리엇 템플턴 씨는 하느님과의 선약 때문에 노베말리 공작부인의 친절한 초대에 응할 수 없는 것을 유감스럽게 생각합니다."

그러고 나서 '더러운 할망구'라고 외친다. 이것이 그가 남긴 마지막 말이었다.

엘리엇이 구시대 인물이라고 했으나, 어찌 보면 요즘 사람들이 선망할 만한 인물로 보이기도 한다. 엘리엇은 평생 독신이었기 때문에, 가족에 대한 책임감으로부터 자유로웠다. 게다가 운이 좋아 젊을 때 큰 재산을 모으고 재테크를 잘했기에 돈 때문에 아등바등할 필요도 없었다. 적당히 누리고 살기에 부족함이 없었을뿐더러 생색내며 호의를 베풀어 인심을 얻기까지 했다. 이 정도면 성공한 인생이 아닌가? 최근 우리나라 젊은 세대 사이에서 관심이 집중되는 삶의 모델로 '파이어(FIRE)족'이 있는데, 이는 '경제적 독립(Financial Independence)'과 '조기 은퇴(Retire Early)'의 줄임말이다. 젊은 나이에 경제적 독립을 이루어 노동으로부터 조기에 은퇴하는 사람을 뜻한다.

《면도날》은 래리가 주인공이지만 특별히 그의 삶을 돋보이게 하지 않을뿐더러, 다른 인물의 비중을 축소하거나 래리와 비교하여 열등하거나 부정적으로 제시하지 않는다. 화자는 각각의 인물을 애정 어린 시선으로 그려냈을 뿐 아니라 그들의 인생을 나름대로 모두 긍정한다. 이러한 화자의 태도가 소설 마지막에 뚜렷이 드러난다.

결국 내가 등장시킨 모든 인물들이 저마다 원하는 바를 얻지 않았는가? 엘리엇은 사교계에서 명성을, 이사벨은 막대한 재산을 확보하여 활동적이고 교양 있는 지역사회에서 확실한 지위를 얻었으며, 그레이는 안정적이고 수익성 높은 직업과 매일 아침 9시에 출근하여 6시에 나설 수 있는 사무실을 얻었다. 수잔 루비에는 안정을, 소피는 죽음을, 래리는 행복을 얻었다.

2. 빈둥거리고 싶은 삶의 태도

《면도날》은 서머싯 몸이 1944년에 발표한 작품이다. 《인간의 굴레》, 《달과 6펜스》와 더불어 그의 대표작으로 꼽힌다. 70세 노년에 발표한 작품인 만큼 그의 평생의 생각들이 잘 드러난 작품이라 할 수 있다. 실제로도 1938년 출판한 자전적 에세이 《서밍 업》에 소개된 자신의 생각들이 소설 곳곳에, 특히 래리의 생각들에 그대로 투영되어 있다.

《면도날》은 여러 인물을 골고루 그려내고 있지만 래리가 주인공인 것만큼은 틀림없다. 소설은 "내가 이따금 만나서 가까운 관계를 유지했던 한 남자를 회상한 내용"이라며 시작하고 있다. 이 남자는 유명한 인물도 아니고 앞으로 그럴 가능성도 거의 없어 지구상에 아무런 흔적도 남기지 않고 사라질 사람일 수도 있다. 그럼에도 이 인물에 주목하여 소설까지 쓴 이유는 무엇일까?

> 어쩌면 그가 택한 삶의 방식이나 그만이 지닌 독특한 강인함과 장점이 시간이 지날수록 사람들에게 점점 더 커다란 영향을 끼쳐, 사람들은 그가 죽고 오랜 세월이 흐른 후에 매우 비범한 인간이 하나 살았다는 사실을 인정하게 될지도 모른다.

래리가 택한 삶의 방식은 남다르다. 보통은 때가 되면 학교에 가고, 직업을 갖고, 결혼하여 자식을 낳고 기른다. 이러한 삶의 방식에서 중요한 질문은 '어떻게'이다. 어떻게 하면 뛰어난 성적을 얻을까, 어떻게 하면 돈을 많이 벌까, 어떻게 하면 좋은 사람과 결혼할까, 어떻게 하면 자식을 잘 키울까……. 그런데 래리는 '왜'에 매달린다. '왜 사는가, 왜 악은 존재하는가' 같은 먹고사는 데 보탬이 될 것 같지 않은 문제의 해답을 찾고자 한다.

남들 사는 대로 살지 않고 자신만의 질문과 그 해답을 찾는 삶을 산다는 점에서 래리는 '예외적 개인'이다. 물질주의가 넘쳐나고 중산층이 한창 성장하던 미국에서 래리처럼 정신적 가치를 추구하는 젊은이는 흔하지 않았을 것이다. 이러한 예외적 인물들은 흔히 고독하다. 왜냐하면 평범한 사람들의 상식을 거부해야 하기 때문이다. 이사벨의 엄마인 루이자의 말처럼, "이 세상에서 살아가려면 모름지기 관습을 따라야 하고 남들이 모두 하는 것을 혼자만 하지 않으면 불안정한 삶을 살 수밖에 없다."

그러나 고독하다거나 불행하다는 것은 평범한 사람들의 입장에서 내린 평가일지도 모른다. 래리는 자신의 선택을 당당하고 떳떳하게 여긴다. 예외적 인물은 자신의 열망에 따라 자연스럽게 그 길을 선택한 것이므로 갈등과 고뇌, 망설임이 없다. 오히려 그렇게 살지 못할 때 불행해진다.

그러므로 선택과 결단에 대한 고민과 망설임은 그의 몫이 아니다. 그를 있는 그대로 인정할 것인가, 아니면 욕하고 매도할 것인가? 그를 계속 사랑할 것인가 아니면 헤어지고 잊어버릴 것인가? 이런 고민은 래리가 아니라 이사벨의 몫인 것이다. 래리와 헤어지기로 결심하면서 화자에게 내뱉는 이사벨의 고백에는 평범한 사람들의 내적 갈등이 담겨 있다.

> "그런데 왠지 마음 한 구석이 편치 않아요. 내가 좀 더 훌륭한 사람이었다면, 내가 이기심을 버렸다면, 좀 더 고상한 인격을 지녔다면, 래리랑 결혼해서 그의 삶에 도움이 되었을 텐데……."

래리는 남과 다른 삶의 방식을 선택했을 뿐 아니라 선택한 길을 가는 과정에서도 매우 치열하고 강인한 자세를 보였다. 래리가 '아무것도 안 한다'고 한 말은 진짜 한량처럼 빈둥거리고 놀고먹겠다는 뜻이 아니다. 치열하게 고민하고 공부한다는 뜻이다. 단지 자신의 공부가 돈을 벌기 위한 것이 아니라는 점에서 다른 사람들에게는 '아무것도 아닌 것'으로 비친다는 것을 알고 있었기에 그렇게 표현한 것이다. 이에 이사벨은 래리의 치열함을 '고된 나태함'이라고 하면서, "사람은 일을 해야 해. 그게 사람이 태어난 이유야. 그래야 사회에도 기여할 수 있어."라고 강변한다. 하지만 래리는 이렇게 반문한다. "어떻게 살 것인가를 모색하는 것처럼 실제적인 일이 또 어디 있겠어?"

일을 통해 사회에 기여함으로써 자기를 입증해야 한다는 명제를 부인할 사람이 있을까? 우리는 어려서부터 어른들에게 '장차 어떤 사람이 되고 싶냐?'라는 질문을 받는다. 또 학교에 가서는 적성과 흥미를 찾으라는 충고와 자신의 진로를 하루빨리 정하라는 본격적인 압박을 받는다. 이 질문과 충고와 압박의 요점은 '어른이 돼서 어떤 일을 해서 벌어먹고 살 거냐?'이다. 이처럼 노동을 통해 밥벌이를 하고, 세상에 뭔가 실용적인 보탬을 제공하며 사는 것이 바람직한 인간의 모습으로 받아들여진다.

그러나 고대나 중세의 신분제 사회에서 일은 노예나 천민들이 하는 것이었다. 그렇다면 먹고살기 위해 일할 의무나 책임이 없었던 왕, 귀족, 양반 등은 일하지 않고 무엇을 했을까? 놀았다. 음주가무를 즐기며 놀았고, 음악과 시, 그림 등 예술을 즐기며 놀았다. 먹고사는 데 아무 도움도 되지 않는 것에 그들은 아낌없는 시간과 돈과 에너지를 퍼부었다. 무료한 그들의 삶에 활력을 얻기 위해,

또 부를 과시하기 위해 경쟁하듯 파티를 열었다.

신분제가 무너지고 모든 인간이 평등해지자 근대 자본주의는 사람들에게 평등하게 일을 분배했다. 이제 물려받은 땅이나 재산이 아니라 일과 직업을 통해 돈을 벌어야 했고, 돈을 모으기 위해선 성실함이 기본이 되었다. 신분을 대신해 직업이 자신의 정체성을 나타내는 표식이 되었으며, 직업 없이 놀고먹는 것은 나쁜 일이며 심지어 죄로 여겨졌다. 그러나 '일하는 인간'은 근대가 만들어낸 인간의 모습이지, 원래부터 그러했던 인간의 본질은 아니다.

이렇게 길게 '일(노동)'에 대해 살펴본 것은, 일에 대한 래리의 태도가 우리에게 새롭게 생각할 여지를 주기 때문이다. 래리에게 일이란 최소한의 생계를 유지하기 위한 수단 그 이상도 이하도 아니다. 일을 하는 이유는 돈을 많이 벌기 위해서가 아니며, 만약 거기 매몰된다면 자신이 설계한 삶이 무의미해질 수도 있는 것이다. 또 자신의 존재감을 증명하기 위해서 일을 하는 것도 아니다. 그러니 남들처럼 좋은 직장을 가지려고 애쓰지 않아도 된다. 실제 래리는 트럭 운전을 하며 전국 구석구석을 돌다가 뉴욕에 정착해서는 택시 운전을 하겠다고 한다. 뉴욕에 정착하려는 이유는 도서관이 많기 때문이다. 근대가 만들어낸 '일하는 인간상'은 돈 때문이건 존재감의 증명 때문이건 일중독과 자기 착취를 가져왔고 그 결과 피로 사회를 만들기에 이르렀다.

일에 대한 래리의 태도와 소박한 삶의 방식은 1960년대에 등장한 '히피(hippie) 문화'를 앞서 구현했다고 볼 수 있다. 히피는 물질 문명에 바탕을 둔 기성 사회의 통념과 가치관, 제도를 벗어나 인간성의 회복과 자연으로의 복귀 등을 추구했다. 결국 오랜 방황과 고뇌와 수행을 통해 래리가 깨달은 것은 무엇이었을까? 화자와 래리가 나누는 대화를 들어보자.

"앞으로 무얼 할 생각인가?"
"여기서 하던 일을 마무리 짓고 미국으로 돌아갈 겁니다."
"뭐하러?"
"살려요."
"어떻게?"
"인내를 갖고 평온하게, 자비롭게, 욕심 없이 그리고 금욕적으로. 행복은 물질이 아니라 정신에 있는 겁니다. 저는 인간이 세울 수 있는 가장 위대한 이상이 자기완성이라고 생각하거든요."

그의 삶의 목표는 사는 것, 자기답게 삶을 완성하는 것이다. 이것 말고 그가 살아야 할 다른 이유는 없다. 그는 홀로 은둔하기보다는 선과 악이 뒤섞여 자기모순이 넘쳐나고 속물적인 욕망으로 가득한 인간 집단에 흡수되기를 선택했다. 고통과 슬픔이 따르더라도 기꺼이 받아들이며 세상의 모든 것을 사랑할 것이다. 또 욕심 없이 평온하고 자비롭게, 그리고 인내를 갖고 자기를 완성해 갈 것이다. 이렇게 삶을 이끌어 나가다 보면 어느새 그의 삶의 방식이 다른 사람들에게 영향을 미칠 수도 있으리라. 연못에 돌을 던졌을 때 작은 물결이 이는 것처럼 아주 미미할 수도 있겠지만, 하나의 물결은 또 다른 물결을 일으키고, 그것은 그다음 물결로 이어질 것이다. 화자는 래리가 전개할 삶을 이렇게 추측한다.

그는 야망도 없고 명예욕도 없다. 어떤 식으로든 유명해지는 것은 그가 무엇보다도 싫어하는 일일 것이다. 따라서 그는 자신이 선택한 삶의 행로를 따르며 그저 있는 그대로의 모습으로 사는 데 만족할 것이다. 그는 겸손한 성격 때문에 자신을 타의 모범으로 내세우진 않을 것이다. 다만, 적절한 때가 되면 나방이 촛불에 모여들 듯 확신 없는 사람들이 자연스레 그에게 이끌릴 거라고, 그리하여 궁극적인 만족은 오직 정신적인 삶을 통해서만 구할 수 있다는 자신의 믿음을 함께 나눌 거라고, 그리고 스스로 사심 없이 자제하며 자기완성을 추구하려 노력하다 보면 저술 활동이나 대중 연설 못지않게 사회에 도움이 될 거라고 생각할 것이다.

3. 그들은 서로 사랑했을까?

래리와 이사벨은 과연 사랑했을까? 화자는 래리와 이사벨을 이질적인 사람으로 여기며, 그래서 서로 사랑하고 결혼하기 어렵다고 본다.

"너희 두 사람은 마치 이런 친구들 같다고 할 수 있어. 함께 휴가를 보내고 싶지만, 한 명은 그린란드의 빙산에 가고 싶어 하고, 또 한 명은 인도의 산홋빛 해안에서 낚시를 하고 싶어 하는 경우 말이야. 그러니 답이 안 나올 수밖에."

그러나 성향이 다르다고 해서 사랑과 결혼이 불가능한 것은 아니다. 우리는 오히려 나와는 다른 면을 가진 사람에게 호감을 느끼는 경우가 많기 때문이다. 그렇다면 이사벨이 전쟁을 겪고 나서 확 달라진 래리에게 여전히 끌리는 것은 이상한 일이 아니다. 심지어 이사벨은 그레이와 결혼하고 나서도 래리를 미치도록 사랑한다고 말한다.

이런 이사벨의 사랑을 화자는 소유욕일 뿐이라고 한다. 언제든지 날아갈 수 있는 새를 손아귀에 움켜쥐고 싶은 감정, 그것을 사랑이라고 착각한 것이라고 말한다. 언제든 자신의 손아귀에서 빠져나갈 수 있는 대상이야말로 붙잡고 싶은 욕망을 자극한다. 아무리 열렬하게 갈망해도 닿을 수 없고 쟁취하기 어려운 상대, 그래서 끝까지 집착할 수밖에 없는 사람이 래리였던 셈이다. 반면, 이미 자기 손아귀에 붙잡혀 떠날 생각 없이 얌전히 머물고 있는 그레이는 이사벨의 욕망을 자극하지 않는다.

그렇다면 언제든 자기 의지대로 달아날 수 있는 대상을 붙잡고 싶은 욕망을 사랑이라 불러도 될까? 이것이 사랑이라면 이러한 사랑은 이루어지지 않아야 사랑으로 남을 수 있다. 사랑이 이루어지는 순간 붙잡고 싶은 욕망도 충족되어 버리기 때문이다. 로미오와 줄리엣의 사랑이 영원한 것은 둘의 사랑이 이루어지지 않아서이다. 소유욕과 사랑은 마치 한 몸처럼 뒤섞여 있어 가려내기 참 어렵다.

그렇다면 래리는 이사벨을 사랑했을까? 이사벨은 래리가 자신을 사랑했다고 확신하지만 화자는 다른 해석을 내놓는다.

> "사랑이 열정이 아니라면, 그건 사랑이 아니라 다른 것을 사랑으로 착각하는 거야. 그리고 열정은 서로 만족할 때 커지는 게 아니라 오히려 장애가 있을 때 더욱 커지는 법이지. …… 너는 부유한 남자와 결혼해서 잘 살았고, 래리는 세이렌이 무슨 노래를 부르는지 밝혀내기 위해 세상을 떠돌아다녔으니까 너희 둘 사이엔 열정이 개입되지 않았어."

결국 래리도 자신이 심취한 세이렌의 노래를 희생할 만큼 이사벨에 대한 열정이 없었던 것이다. 그렇다면 결국 두 사람은 서로 사랑하지 않았다는 점에서 무승부인가? 두 사람 다 그들의 사랑에

희생과 열정이 없었다는 것은 같지만 소유욕과 사랑을 혼동한 이사벨은 다른 누군가를 비극에 빠뜨린다는 점에서 큰 차이가 있다. 그럼에도 이사벨 또한 자신의 사랑이 래리를 제대로 알지 못한 것에서 비롯된 착각이었음을 인정하고 마침내 래리에 대한 집착을 놓게 된다.

"그래도 다행이네요. 래리가 미국으로 갔다면 다시 만날 수 있을 테니까."

"그건 아닐걸. 그 친구의 미국은 이사벨의 미국과는 고비 사막만큼이나 멀리 떨어져 있을 테니까."

나는 그녀에게 그의 과거 행적과 앞으로의 계획에 대해 들려주었다. 그녀는 입을 벌린 채 내 얘기를 들었다. 너무 놀라서 얼이 빠진 것 같았다. 내 얘기가 끝나자 그녀는 고개를 떨어뜨렸다. 뺨을 타고 두 줄기의 눈물이 흘러내렸다.

"이제 진짜 그 사람을 잃은 거군요."

✦

서머싯 몸의 단편들

<비> Rain (1921)

<레드> Red (1921)

<에드워드 버나드의 몰락> The Fall of Edward Barnard (1921)

<점심> The Luncheon (1924)

<척척박사> Mr Know-All (1924)

<개미와 베짱이> The Ant and the Grasshopper (1924)

<행복한 남자> The Happy Man (1924)

<시인> The Poet (1925)

<약속> The Promise (1925)

<앙티브의 뚱뚱한 세 여자> The Three Fat Women of Antibes (1933)

<춤꾼들> Gigolo and Gigolette (1935)

<사자 가죽> The Lion's Skin (1937)

<인생의 진실들> The Facts of Life (1939)

그는 연극을 보러 갔다가 우연히 20년 전 그녀를 만나게 된다.

20년 전, 그는 아직 성공한 작가는 아니어서 쥐꼬리만 한 수입으로 근근이 하루 벌어 하루 먹고사는 정도였다. 그녀가 그의 책을 읽고 팬레터를 보냈는데, 마침 그곳을 지날 예정이라 만나서 얘기를 나누고 싶다며 간단한 점심을 사줄 수 있겠느냐는 제안이 담겨 있었다. 그녀가 만나자고 한 식당은 그의 분수에는 차고 넘치는 상류층이 드나드는 식당이었다. 과연 메뉴판을 보니 음식값은 예상보다 훨씬 비쌌다. 그는 주머니 사정을 생각하며 마음을 졸일 수밖에 없었다. 점심으로 아무것도 먹지 않는다는 그녀의 말에 그는 안심했으나 그것은 곧 커다란 착각이었음을 알게 된다.

'난 한 가지 이상 먹지 않아요. 작은 생선 한 마리 정도는 괜찮겠지만. 여기 연어가 있나 모르겠네.', '나는 하나 이상 먹지 않아요. 캐비어 조금이라면 모를까.', '난 점심에 아무것도 마시지 않아요. 화이트와인이라면 모를까.', '난 그 이상은 절대 먹을 수가 없어요. 자이언트

아스파라거스 조금이라면 모를까.'

이런 식이었다. 그녀는 후식으로 아이스크림과 커피, 커다란 복숭아까지 먹어 치우고는 마지막으로 '사람은 조금 더 먹을 수 있을 것 같을 때 음식에서 손을 뗄 줄 알아야 한다'는 것이 자신의 철칙이라며 식탁에서 일어선다. 그가 식당 밖으로 나왔을 때 그에게는 주머니에 동전 한 푼 없이 견뎌야 할 한 달이라는 시간이 버티고 있었다.

20년이 지나 만난 그녀는 130킬로그램은 넘어 보였다. 그런 그녀를 보고 그는 '나의 복수는 결국 이루어졌다. 나는 복수를 해야 직성이 풀리는 사람은 아니지만, 불멸의 신들이 관여해 거들어 주었을 때는 그 결과를 만족스럽게 즐기는 편이다.'라고 생각하며 흐뭇해한다.

서머싯 몸의 단편 〈점심〉의 내용이다. 이 소설은 어린이용 《세계의 명단편》에도 실릴 만큼 읽기 쉽고 재미있다. 누구나 일상의 경험으로 마주칠 법한 소재를 다루었고, 서술과 대화가 쉽고 재미있다. 어리숙하고 거절을 잘 못하는 남자와 뻔뻔하고 얄미운 여자가 대조적인 모습을 보인다. 사건은 비슷한 구조가 반복되며 점차 발전하고 긴장감을 주지만 복잡하지 않고 단순하다. 주제가 직접 드러나지는 않지만, 그의 모습을 통해 '쓸데없이 인심 좋은 척했다간 큰코다친다'는 교훈을 얻을 수 있고, 마지막 장면의 극적인 반전을 통해서도 작가의 생각을 짐작해 볼 수 있다.

서머싯 몸의 단편소설은 잘 짜인 플롯, 담담한 정서와 간결한 문체, 그리고 반전과 풍자의 기법 등으로 일상의 한 단면을 포착하여 독특한 그만의 경지를 이루었다는 평가를 받는다. 서머싯 몸은 자신이 단편소설을 쓸 때 어떤 점을 중요하게 여기는지에 대해 이렇게 밝히고 있다.

> 나는 사건의 시작과 중간과 끝이 조밀하면서도 단단한 하나의 동선을 가진 단편소설을 쓰고 싶었다. 내가 생각하는 단편소설은 단일한 사건에 대한 이야기다. 물질적이든 정신적이든 그 사건의 해명에 불필요한 것들은 모두 제거하여 작품에 극적인 통일성을 부여해야 한다고 생각했다. …… 나는 단편소설을 확실한 마침표로 끝내고 싶었지, 몇 개의 점을 찍어서 말줄임표로 생략하여 처리하는 것을 싫어했다.

1. 위선과 허영 그리고 관용

<비>

위선은 '거짓 착함'이다. 좋은 사람으로 보이기 위해 이기심을 숨기고 착한 척하는 것이다. 동서양을 막론하고 위선은 오래전부터 경계의 대상이었다. 공자는 '교언영색(巧言令色)'이라 하여 말재주가 교묘하고 표정을 꾸미는 사람 중에 어진 사람이 드물다고 했고, 단테의 〈신곡〉 '지옥 편'에서는 위선자들이 겉은 금칠을 했지만 속

은 납으로 된 무거운 망토를 걸치고 영원히 걷는 벌을 받는다. 남의 위선을 알게 된 사람은 배신감을 느끼고 상처를 받으며, 자신의 위선을 깨닫게 된 사람은 자기혐오에 빠지거나 혹은 겸손해진다.

서머싯 몸은 40대 초반에 타히티섬을 비롯해 사모아, 하와이 등 남태평양의 여러 섬을 여행하는데, 이때의 체험을 바탕으로 쓴 여러 단편을 묶어 단편집 《나뭇잎의 떨림(The Trembling of a Leaf)》(1921)을 발표한다. 여기에 그의 단편 가운데 가장 널리 읽히고 주목받은 〈비〉나 〈레드〉가 수록되어 있다. 영미문학권에서는 두 작품 모두 단편(short story)에 속하지만 우리나라에서는 중편으로 분류하기도 한다. 그 가운데 〈비〉는 긴장감 넘치는 전개와 충격적인 반전을 통해 인간의 위선을 날카롭게 폭로하고 있다.

제1차 세계대전 말. 여기서 시간적 배경은 중요하지 않다. 전쟁은 이야기 전개에 필연성을 부여하는 요소가 아니기 때문이다. 단 강대국들이 선교사를 앞세워 세계 곳곳을 식민지화하면서 그들의 영향력을 넓혀가는 시기라는 점은 고려되어야 한다. 왜냐하면 이야기의 공간적 배경이 미국령 사모아제도(諸島) 파고파고섬이고 기독교 선교사가 주요 인물로 등장하기 때문이다. 목적지는 아니었으나 전염병이 돌고 있어 이곳에 선교사 데이비슨 부부와 의사 맥페일 부부 그리고 매춘부 톰슨은 발이 묶인다. 여객선 승객들이 묵을 수 있는 유일한 민박집과 줄기차게 쏟아지는 비. 제한된 공간과 낯선 사람들 그리고 그들의 만남을 강제하는 조건. 이것이 소설에서 설정된 상황이다.

선교사 데이비슨은 사모아 사람들 모두를 기독교로 개종시키겠다는 목표를 가지고 있다. 그는 윤리적 고결성을 추구한다. 톰슨은 술을 마시고 축음기를 시끄럽게 틀고 밤마다 남자들을 불러들여 파티를 연다. 뻔뻔하고 도발적이다. 데이비슨에게 톰슨은 악의 상징이자 속죄를 통해 구원받아야 할 영혼이다. 데이비슨은 현지 총독에게 그녀를 섬에서 추방해 미국의 교도소에 보내라고 종용한다. 이에 톰슨은 반항도 하고 애원도 했지만 데이비슨의 완강함을 꺾을 수 없다는 것을 알고 순해진다. 그럼에도 데이비슨은 톰슨을 구원하겠다며 매일 밤 찾아가 밤새 함께 기도했다. 그러던 데이비슨은 톰슨이 떠나야 할 아침, 해변에서 면도칼로 목을 그어 자살한 시체로 발견된다.

어리둥절한 결말인가? 그렇다. 데이비슨은 신의 이름으로 구원에 나선, 자신의 소명에 투철하고 자긍심이 넘치는 인물이다. 그러나 그는 자신의 내면에 숨어 있던 욕정을 미처 몰랐다. 욕정을 이기지 못하고 톰슨의 육체를 탐했던 그는 자신의 위선을 발견하고 깜짝 놀랐을 것이다. 게다가 자신의 위선이 드러날 경우 당해야 할 수모도 두려웠을 것이다. 누군가에 대한 비난의 수위가 높을수록 자신의 위선이 드러났을 때 감당해야 할 타인의 멸시와 자기 환멸도 비례하는 법이다. 그러니 그가 선택한 결말은 어쩌면 필연일 것이다.

데이비슨의 위선을 특별한 경우로 보는 것은 협소한 해석이다. 그는 서양인이고 기독교인이며 남자라는 다중적인 위치를 가진 인물이기 때문이다. 이 소설의 앞부분에서 선교사 부부는 원주민들의 옷차림과 춤에 대해 '신을 모독하는 행위'라며 경멸한다. 원시적인 그들의 삶의 방식에 대한 서양인의 우월의식이라 할 만하다. 이들에게 애초 존재하지 않았던 죄의식을 심으려고 집요하게 개입하는 장면에서는 종교적 폭력성마저 드러난다.

소설의 마지막에 부분에서 톰슨은 의사 페일리를 향해 같잖고 가증스럽다는 투로 이렇게 말한다.

> "너희 사내놈들, 이 추잡하고 더러운 돼지 새끼들! 모두 똑같은 놈들이야. 당신도 마찬가지야. 돼지들!"

톰슨이 말한 '사내놈들'에 물론 데이비슨도 포함될 것이다. 그녀의 말에는 위선적인 남성들에 대한 분노가 담겨 있다. 위선은 이처럼 존재 전체를 한순간에 무너뜨릴 수도 있다.

서머싯 몸이 이러한 위선적 인물인 데이비슨의 비극적 결말을 통해 말하고자 하는 바는 '타인의 위선을 경계하고 자신의 위선을 돌아보라'는 협소한 충고가 아닐 것이다. 앞서 말한 데이비슨의 다중적 위치를 고려하면 서머싯 몸이 말하고자 하는 바는 이런 것이 아닐까.

타인에게 과한 도덕적 잣대를 들이대면 그것이 부메랑이 되어 언젠가 자기에게 돌아올 수도 있다.

함부로 타인을 선인과 악인으로 구분 지어서는 안 된다. 우리는 악하기도 하고 동시에 선하기도 하기 때문이다.

남의 위선을 발견하더라도 쉽게 내치지 말고, 자신의 위선을 깨달아도 너무 자책하지 말아야 한다.

<사자 가죽>, <척척박사>

허영은 자기 위치나 분수를 모르고 겉으로만 그럴듯하게 내보이는 것이다. 겉치레가 화려하지만 실속은 없다. 허영은 자신이 바라는 이상적인 상태와 동떨어진 평범하거나 비루한 현실에 대한 반작용으로 나타난다. 인간은 사회적 관계를 맺고 살아가는 존재이기 때문에, 자신을 좀 더 나아 보이게 포장하고 싶은 마음은 누구나 있을 것이다.

〈사자 가죽〉에는 허영을 지키려다 목숨을 잃은 사내가 나온다. 포레스티어 대령은 산불이 집까지 번졌을 때 집 안에 갇혀 있던 아내의 개를 구하려다 죽었다. 사실 그는 주차장 세차원이었고 그의 아버지는 클럽의 웨이터였나. 그런데 전쟁을 겪으면서 어느 순간 장교가 되고 또 어느 순간 신사로 탈바꿈하여 돈 많은 아내와 결혼해 시골에 정착한다. 그는 신사 역할을 완벽하게 연기하며 20년 넘게 편안한 생활을 이어갔다. 그러다가 그의 과거를 아는 남자가 이웃집에 이사 오면서 포레스티어는 궁지에 몰리고, 자신이 진짜 신사임을 증명하기 위해 불속에 뛰어들었다가 죽은 것이다.

당나귀가 오랫동안 사자 가죽을 뒤집어쓰고 사자인 척한다고 해서 정말 사자가 되는 것은 아니다. 포레스티어는 진심으로 자신이 사람들에게 신사로 비치기를 바랐겠지만, 그것이 목숨과 바꿀 가치가 있는 것이었을까?

허영을 꼬집은 대표적인 작품으로, 서머싯 몸이 동경했던 프랑스 작가 모파상의 〈목걸이〉(1884)가 있다. 서머싯 몸도 목걸이를 소재로 한 단편을 몇 편 썼는데, 그중 〈척척박사〉는 모파상의 작품과 유사하게 가짜 목걸이와 관련한 여성의 허영을 다루고 있다. 하지만 그 결말은 사뭇 다르다.

> 샌프란시스코에서 요코하마로 가는 여객선. 2주 동안 '나'는 켈라다와 2인실을 함께 쓰게 되었다. 켈라다는 술에서부터 도박, 골프, 무도회까지 뭐든지 잘 아는 척하고 참견하기 좋아하는 인물이다. 그런 그에게 다른 승객들이 '척척박사'라는 별명을 붙여주는데, 이는 비아냥이 담긴 표현이었다. '나'도 그의 거만함과 허세에 진저리를 치며 멀리한다. 고베 주재 미국영사관 직원인 램지는 일본에 파견된 지 1년 만에 뉴욕에서 혼자 지내던 아내를 데리고 다시 고베로 가는 중이었는데, 켈라다 못지않게 자기주장이 강해 두 사람 사이에 자주 격론이 벌어진다. 어느 날, 램지의 어여쁜 아내가 한 진주목걸이가 화제에 오

른다. 켈라다는 양식 진주 산업을 조사하러 일본에 가는 자신이야말로 진주 전문가라며 그 진주목걸이가 15,000달러 상당의 진짜라고 했다. 이에 반해 램지는 아내의 말에 따라 백화점에서 18달러에 산 모조품이라고 주장한다. 열띤 논쟁으로 흥분한 둘은 진품 여부를 두고 100달러 내기를 걸고 켈라다는 돋보기를 꺼내 살펴본다.

이후에 이야기가 어떻게 전개되었을까? 잘난 척하던 켈라다의 판단이 틀렸음이 밝혀져 사람들로부터 망신을 톡톡히 당하게 되었을까? 아니면 램지의 아내가 허영덩어리여서 진짜로 값비싼 진주목걸이를 샀고 그것이 들통나 남편에게 혼나게 되었을까?

램지 아내의 진주목걸이를 세밀하게 살피던 켈라다의 얼굴에 승리의 미소가 번지며 막 입을 열려는 순간, 금방이라도 실신할 것처럼 창백해진 얼굴로 자신에게 간청하는 눈빛을 보내는 램지 아내의 모습이 보였다. 이에 켈라다는 진주목걸이가 싸구려 모조품이 맞다며 100달러짜리 지폐를 내놓는다. 이 일이 배 안에 쫙 퍼져 켈라다는 놀림감이 되었지만, 그날 저녁 램지의 아내는 켈라다의 문 밑으로 몰래 편지와 함께 100달러를 밀어넣는다. 그리고 켈라다는 '나'에게 "망신당하는 걸 좋아할 사람이 어디 있겠습니까? …… 만약 내게 어여쁜 아내가 있다면 아내를 뉴욕에 혼자 두고 고베에 가 있지는 않을 겁니다."라고 말했다. 이 말을 듣고 나서 켈라다를 싫어하던 '나'의 마음이 바꿔게 된다.

서머싯 몸은 우리의 예상을 깨고 아무도 다치지 않는 결말을 택했다. 램지의 아내는 자신의 허영과 거짓이 들통나지 않아 체면을 지키게 되었고, 램지는 켈라다와의 대결에서 이겨 우쭐할 수 있었다. 또한 모든 이에게 미움과 조롱의 대상이었던 켈라다조차 자신의 체면을 구기면서까지 다른 사람의 입장을 배려할 줄 아는 사람이었음이 밝혀진다. 적어도 두 사람, '나'와 램지의 아내만 아는 사실이긴 하지만.

<약속>

서머싯 몸이 위선과 허영을 드러내고 풍자하는 이유는 그런 인간들을 내려다보며 우월의식을 느끼고 싶어서가 아니다. 그는 언뜻 양립 불가능해 보이는 특성이 어우러져 있는 것이 인간의 보편적 특성이라고 생각했다. 그는 사기꾼이 자기를 희생하는 것을 보았고, 사악한 사람에게서 선량함을 발견하기도 했다. 그래서 그는 인간을 단정 지어 판단하지 않았고, 나쁜 점을 노골적으로 비난하지 않았으며, 좋은 점을 무작정 칭송하지도 않았다. '도덕적 잣대로 타인을 판단하고 괴롭히지 않는 것, 관용과 연민을 발휘하는 것', 이것이 인간을 대하는 그의 태도였고, 그럼으로써 삶이 편안해지고 여유로워질 수 있었다.

서머싯 몸의 단편 〈약속〉은 아량과 관용을 보여주는 작품이다. 한때 애인을 줄줄이 갈아치우며 난잡한 행실로 악명을 떨쳤던 엘리자베스. 그녀는 여러 번 이혼했으나, 마흔 살에 스물한 살의 청년과 결혼하면서 아내의 역할에 충실하게 되었다. 하지만 그로부터 10년이 지나 그녀의 남편이 다른 여자와 열렬한 사랑에 빠지게 된 것을 알게 된다. 젊은 남편은 늙은 아내에게 상처를 주지 않으려고 무척이나 애를 썼다. 연인을 버리는 것은 언제나 그녀 쪽이었는데, 이 난감한 상황에서 그녀는 어떻게 대응했을까?

그녀는 남편과 이혼하기로 마음먹는다. 남편의 사랑이 일시적인 열병일 수도 있지만, 그녀에게 중요한 건 남편이 지금 다른 여자를 사랑한다는 사실이었다. 그리고 그녀는 약속을 지키고 싶었다. 10년 전 남편이 청혼할 때, 그녀는 그가 떠나고 싶어 할 때 놔주겠다고 약속했다. 자신은 사랑을 해본 경험이 많으니, 남편 또한 다른 사랑이 찾아오면 보내주는 것이 공평하다고 생각했던 것이다.

엘리자베스의 생각과 행동에는 품위가 있다. 위선이나 거짓으로 흉내 낼 수 없는 경지다. 서머싯 몸은 "나는 인간의 허약함이 못마땅한 것이 아니라 인간의 비겁함이 못마땅하다."라고 말한 적이 있다. 엘리자베스가 여전히 남편을 사랑하지만 이를 악물면서 떠나보내려 한 것은 정정당당하고 싶었고 비겁하지 않았기 때문이다. 비겁하지 않다는 것은 현실이 불만족스럽다고 하여 거부하거나 외면하지 않을 뿐 아니라 자신을 속이지도 자책하지도 않는다는 뜻이다. 허약함을 있는 그대로 받아들일 때 솟아나는 자세가 너그러움이자 관용이다. 허약함을 감추려는 것이 비겁함이라면 위선과 허영은 비겁함의 다른 이름이라 할 수 있을 것이다.

2. 우연과 반전 그리고 유머

<시인>

돈 칼리스토는 스페인의 위대한 시인이자 전설적인 인물이다. 그가 한때 구애했던 스페인 왕녀는 그가 사랑을 거두자 수녀가 되었고, 세상이 그에게 더는 내어놓을 것이 없다는 생각이 들자 미련 없이 물러나 고향에 은둔했다는 일화는 전설적이다. '나'는 유명 인사들과 악수 한번 해보려 안달하는 사람이 아니나 안달루시아의 매력적인 소도시에 마음이 끌려 갔다가 친구의 제안으로 그곳에 살고 있는 칼리스토의 집을 찾아가 만나기로 한다.

과연 시인의 저택은 '나'가 생각했던 모습에 부합했다. 모든 곳에 궁색한 형편이 엿보였으나 불결하지 않았고, 집 안의 모든 소품은 그의 찬란했던 젊은 날의 소문들을 입증해 주는 것 같았다. 그의 모습 또한 내가 상상한 모습 그대로였다. 고귀한 빈곤이 그를 찬란하게 둘러싸고 있었으며 그의 몸가짐엔 열정과 야성과 확신과 위엄이 풍겼고,

그의 눈은 진정한 독수리 눈이었다. 거기 서 있는 그를 본 순간 '나'는 그것이 일생일대의 순간처럼 느껴졌다.

"이렇게 위대한 시인을 만나 뵙다니 대단한 영광입니다, 작가님."

"나는 시인이 아닙니다. 모피 상인이에요. 착오가 있으신가 본데, 돈 칼리스토는 옆집에 삽니다."

서머싯 몸의 단편 〈시인〉의 내용이다. 그러니까 '나'는 칼리스토의 집을 잘못 찾았고, 옆집 노인을 위대한 시인으로 착각한 것이다. 모르긴 몰라도 '나'는 자신의 붉어진 얼굴을 감추려고 진땀 좀 흘렸을 것이다.

인간은 자신이 믿고 싶은 대로 믿는 경우가 많다. '나' 역시 그랬다. 옆집 노인은 '나'를 자신의 집에 초대한 적도 없고 시인인 척 연기하지도 않았는데, '나'는 그 집이 칼리스토의 집이고 그 노인이 전설적인 시인이라고 믿어버린 것이다. '나'는 집 안의 풍경과 시인의 모습이 자신이 상상했던 것과 다르지 않은 것에 감탄하며 그 믿음을 추켜세운다.

이 소설은 '나'의 우연과 옆집 노인의 반전이 더해져 유머로 이어지고 있다. 작각의 책임이 오롯이 '나'에게 있으니, 누구를 탓하거나 비난할 수도 없다. 그저 민망함을 웃음으로 때울 수밖에.

그런데 한 발 더 나가 생각해 보면, 혹시 옆집 노인이 진짜 칼리스토가 아니었을까? 칼리스토가 젊은 '나'에게, 자신이 좇아온 유명세란 그저 허상에 불과하다는 것을 깨닫게 하기 위해 일부러 아닌 척한 것이었다면?

<개미와 베짱이>

이 소설은 이솝 우화 〈개미와 베짱이〉와 제목도 같고 인물 설정도 비슷하다. 하지만 결론은 사뭇 다르다.

형과 아우가 있다. 형은 한평생 부지런히 일했고 근검절약하며 살았다. 덕분에 은퇴하면 작은 연금으로나마 안정적인 노후를 꾸릴 수 있게 된다. 반면, 동생은 어느 날 느닷없이 일을 하지 않겠다고 선언하더니 제멋대로 사치스럽게 살기 시작했다. 형은 동생에게 번번이 큰돈을 주지만 동생은 그 돈으로 자동차를 사고 멋진 보석들을 사들일 뿐이다. 형은 그런 동생을 쓸모없은 인간으로 여기지만, 동생은 주변 사람들에게 인기가 많고 늘 유쾌하고 활력이 넘친다. 우화의 교훈을 적용한다면 동생은 거지가 되어야 마땅하다.

그런데 서머싯 몸은 슬쩍 반전의 카드를 내민다. 동생은 몇 주 전 어머니뻘 되는 여자와 약혼했는데, 글쎄 그녀가 어마어마한 부자였던 것이다. 형은 분노에 차서 불공평하다고 외치며 온 세상의 시름을 짊어진 사람처럼 우울해했다. 우화의 교훈을 내면화한 때문인지 우리는 '게으른 사람은 못 산다'는 경고 정도에 그치는 것이 아니라 '게으른 사람은 반드시 벌을 받아야 한다'는 응징에 불타오르기도 하고 놀고먹는 백수에 대한 혐오로까지 치솟는다. 동생의 행운에 대한 형의 반응이 바로 이러하다. 그러나 잘 생각해 보면, 동생의 행운은 우연히 찾아온 것이었다. 그로 인해 둘의 처지가 반전을 이룬 듯하지만, 동생이 좋아진 것이지 형이 더 나빠진 것은 아니다. 어쩌면 과거에 형이 베푼 은혜를 동생이 보답할 가능성마저 생겼으니 기뻐해야 할 일이다. 그럼에도 형은 도저히 참을 수 없어 주먹을 불끈 쥐고 탁자를 내리친다.

이때 형에게는 유머 감각이 필요했다. 유머는 우연히 찾아오는 행운이나 불행, 그리고 인생의 모순에 대처하는 성숙한 자세이다. 형이 달라진 현실을 받아들이고 웃음으로 동생의 행운을 인정했다면 둘의 관계도 좋아졌을 것 같다. 서머싯 몸의 〈개미와 베짱이〉는 형을 통해 이야기를 다 듣고 난 화자가 배를 잡고 웃는 바람에 형이 화자를 절대 용서하지 않았다고 하며 끝맺는다. 역시 유머가 없는 사람은 옹졸하고 뒤끝이 오래 간다. 반면, 동생은 자신의 멋진 저택에서 열리는 근사한 만찬에 화자를 자주 초대했다.

<삶의 진실들>

자식에게 충고하는 아버지의 자세는 어떠해야 할까? 작심하고 정색하고 말하는 것이 효과적일까? 서머싯 몸은 〈행복한 남자〉에서 화자로 등장해 이렇게 말했다.

타인의 삶을 놓고 이러쿵저러쿵하는 것은 위험한 일이다. 그런데 놀랍게도 사람들의 태도나 습관, 견해를 수정해야 한다고 거침없이 논평하는 자신만만한 정치인이나 개혁가 같은 인사들이 종종 있다. 나는 조언하는 것이 늘 조심스럽다. 다른 사람을 자기 자신만큼 속속들이 알지 않는 이상 어찌 그 사람에게 어떻게 행동하라는 조언할 수 있을까? 맹세코 나는 나 자신을 잘 알지 못하며 다른 사람들은 더 알지 못한다. …… 안타깝게도 인생은 한 번만 살 수 있는 것이고 가끔은 돌이킬 수 없는 실수도 일어나는데, 내가 뭐라고 이래라저래라 남에게 어떻게 살라는 말을 감히 한단 말인가? 인생은 어려운 숙제다. 나로서는 나의 삶을 완성하고 개선하는 일만으로도 충분히 벅차다. 내 이웃에게 어떻게 살라고 가르칠 생각은 한 적이 없다.

이와 관련하여 서머싯 몸이 〈삶의 진실들〉에서 어떤 이야기를 들려주는지 살펴보자.

아버지 헨리는 아들 니키에게 세 가지를 당부한다. 아들은 처음으로 집을 떠나 몬테카를로에 대학 테니스 대표선수로 갈 예정이다. 니키는 좋은 집안에서 훌륭한 보살핌을 받고 자라서 성적도 우수하고 운동 실력도 뛰어났으며 성격도 점잖고 건전했다. 그러니 친구들로부터 인기도 많았다. 대회는 최상급 선수들과 겨룰 수 있는 좋은 훈련 기회였지만, 환락가와 카지노와 도박장이 즐비한 몬테카를로에서 열린다는 것이 문제였다. 어린 나이에 그곳에 혼자 보내려니 아버지는 마음이 편치 않았다.

"잔소리 심한 아비가 되기는 싫다만, 세 가지는 꼭 조심하라고 당부해야겠구나. 첫째, 도박. 도박은 하지 말아라. 둘째, 돈. 아무에게도 돈을 빌려주지 말아라. 셋째, 여자. 여자들과 절대 엮이지 말아라. 그 세 가지만 하지 않으면 크게 말썽에 휘말릴 일은 없을 테니 그것만 명심해. 할 말은 그게 전부야. 아비는 세상 물정을 잘 아니 아비 말을 믿으렴."

아들은 명심하겠다고 하고 몬테카를로로 떠난다. 순위에는 들지 못했지만 인상적인 실력으로 가능성을 보여준 니키는 마지막 날 저녁에 몬테카를로를 체험하게 된다. 자신의 운을 시험하지 않고 여기를 떠나는 것은 바보짓이라는 친구들의 말에 카지노에 들른 니키는 룰렛 게임에 100프랑을 베팅하고 연속된 행운으로 단번에 7000프랑을 딴다. 이에 니키는 묘한 자신감에 사로잡혔는데, 그런 그에게 처음 보는 여자가 다가와 30분 뒤에 갚겠다며 1000프랑만 빌려달라고 해 니키는 얼떨결에 돈을 건넨다. 그날 니키는 총 2만 프랑을 땄고 카지노를 나설까 하던 그때 돈을 빌린 여자가 나타나 돈을 갚는다. 니키는 이 일로 그 여자에게 호감이 생겨 함께 식사를 하게 되고, 자신의 호텔 방에 함께 가자는 여자의 제안에 흔쾌히 승낙한다. 이쯤에서 아들은 아버지가 걱정하는 만큼 자신이 바보가 아니며, 아버지의 조언을 따르지 않은 것이 더 좋았다고 뿌듯했을 것이다.

그러나 그것도 잠시였다. 한밤중 작은 소리에 깨어난 니키는, 어둠 속에서 그 여자가 자신의 외투를 뒤져 그가 딴 돈을 몽땅 훔쳐 그것을 화분 바닥에 숨기는 것을 보았다. 그러나 니키는 낯선 나라 낯선 호텔에서 소동을 일으키는 것은 무리라고 생각하고는 어찌할 수가 없었다. '역시 아버지의 말씀이 틀린 게 아니었나?' 하는 후회가 찾아오려는 순간, 한 가지 생각이 떠올랐다. 그리고 니키는 그녀가 잠든 틈에 화분 바닥에서 자신의 돈을 도로 훔쳤다. 그러나 집으로 돌아오는 길에 자신의 주머니를 확인해 보니, 2만 프랑이 아니라 2만 6천 프랑이 들어 있었다. 니키는 자신의 돈만 꺼내 온 게 아니라 그 여자의 돈까지 가져온 것이었다. 집에 돌아온 아들은 아버지의 조언을 정면으로 반박하는 자신의 경험을 의기양양하게 자랑한다.

"있잖아요, 아버지. 아무래도 아버지가 해주신 조언은 문제가 좀 있는 것 같아요. 아버지는 도박하지 말라 하셨는데 저는 했고, 큰돈을 땄어요. 아버지는 돈을 빌려주지 말라고 하셨는데 저는 빌려주었고, 돌려받았어요. 또 아버지는 여자들과 엮이지 말라고 하셨는데 저는 했고, 그 결과 6000프랑이나 벌었으니까요."

아들은 우연히 행운을 얻었고 그 행운으로 아버지의 충고를 무색하게 만들었다. 아버지의 권위가 추락하는 반전이다. 그러나 아버지는 의기양양해하는 아들을 걱정스러워한다. 일시적 요행의 경험이 삶의 잣대가 되어버릴 수도 있기 때문이다. 아버지는 아들이 차라리 뜨거운 맛을 봤다면 자신의 조언이 정당하다는 걸 인정했을 텐데, 이렇게 얄궂은 요행이 개입하는 것은 매우 불공평하다고 생각했다. 아들은 이제 아버지를 잔소리나 해대는 늙은이로 바라볼 것이다. 아버지는 이 상황에서 아들에게 어떤 얘기를 해줘야 할까?

고민하는 아버지에게 세상 물정에 대해 좀 안다는 한 친구가 한마디 한다.

> "이봐 친구, 나라면 걱정하지 않겠어. 내가 보기에 당신 아들은 복을 타고 태어났어. 길게 보면 그게 똑똑하거나 부유하게 태어난 것보다 낫지 않은가."

이건 충고가 아니라 유머로 들린다. 아버지가 마주한 난처한 입장에 새로운 통찰을 주고 그 상황을 여유롭게 수용하도록 용기를 주기 때문이다.

우리는 행운이나 요행을 속으로 은근히 바라면서도 겉으로는 멀리하는 것처럼 보이길 원한다. 확률을 따지자면 가망이 없는데도 긴 행렬을 이뤄 복권을 사는 사람들을 보면 행운을 향한 우리의 남모를 열망을 짐작할 수 있다. 한편, 시험을 보거나 취직을 하려

할 때 우리는 노력을 강조하고 노력에 따른 공정한 대우를 주장하는 철두철미한 능력주의자가 된다. 능력주의자로서 우리는 타인의 우연과 행운에 대해 곱지 않은 시선과 못마땅한 갸웃거림을 보내며 인색한 평가를 내리는 데 주저하지 않는다. '내로남불'의 연장선인 것이다. 그러나 능력주의가 사회에 뿌리내릴수록 능력주의가 우리를 옴짝달싹 못 하게 하는 족쇄가 될 수도 있다는 사실을 알아야 한다. 완벽한 능력주의 사회에서 나의 현재 상태는 전적으로 내 노력의 결과이므로 변명의 여지가 없다.

우리의 탄생 자체가 우연이고 탄생의 맞은편에 있는 죽음 역시 내 뜻대로 하지 못하는 우연의 영역에 있다. 탄생은 축복이니 행운이고 죽음은 원치 않는 종말이니 불운인가? 우연한 탄생과 우연한 죽음, 그 사이의 우리 삶이 우연한 행운과 불행에 따라 흘러가는 것은 그리 이상한 일이 아니다. 행운이든 불행이든 그것을 기꺼이 혹은 너그럽게 받아들일 수 있다면 우리의 삶은 반전과 유머가 있는 즐거운 인생이 될 것이다. 이것이 서머싯 몸이 우리에게 하고 싶은 말일 것이다. 인생에서 최악의 처신은 자신의 행운을 자신이 노력한 결과라고 주장하는 것이며, 상대의 불운은 상대가 잘못했기 때문에 그런 것이므로 그가 전적으로 책임져야 한다고 주장하는 것이다. 앞의 주장은 남과 자신을 속이는 것이며, 뒤의 주장은 약자에 대한 공감과 배려를 원천 봉쇄하는 잔혹한 심보이다.

3. 같음과 다름 그리고 무상(無常)

서머싯 몸의 단편 〈앙티브의 뚱뚱한 세 여자〉와 〈춤꾼들〉은 1930년대에 쓰인 소설이지만 요즘 사람들에게도 전혀 낯설지 않은, 아니 오히려 주목하는 소재를 다루고 있다. 서머싯 몸의 날카로운 관찰력을 바탕으로 일상적인 문제 상황에서 발견되는 인간의 미묘한 특성을 포착해 생생하게 담아낸 작품들이다.

<앙티브의 뚱뚱한 세 여자>

이 소설은 다이어트에 관한 이야기다. 앙티브는 프랑스 남동부에 위치한 지중해 휴양지로, 과부인 베아트리스와 두 번 이혼한 미국 여자 애로, 그리고 노처녀 프랭크 이렇게 세 여자가 다이어트를 위해 이곳에 모인다. 셋 모두 마흔을 훨씬 넘긴 나이였지만 형편이 넉넉했고, 체중계 때문이면 모를까 늘 유쾌함을 잃지 않는 여자들이었다. 이들은 좋아하는 것을 먹는 것에서 삶의 만족을 느끼기 때문에 번번이 살을 빼는 데 실패한다. 앙티브는 프랭크가 특단의 조치로 제안한 곳이었다. 아예 먹을 것들이 가득한 곳을 떠나 앙티브에 집을 하나 빌려 전용 요리사를 두고 충분히 운동도 하면서 살을 빼려던 것이다.

처음에는 다이어트가 성공할 것처럼 보였다. 세 여인은 남는 시간을 브리지 게임을 하며 보냈는데, 그 게임은 원래 네 명이 하는 카드게임이다. 그러다 보니 적당한 네 번째 플레이어를 구하는 게 늘 문제였다. 그래서 프랭크가 리나 핀치를 초대한다. 리나 핀치는 프랭크의 사촌과 결혼했다가 두 달 전에 남편을 잃고 마음을 추스르고 있는 중이었는데, 프랭크가 그녀를 앙티브로 2주간 초대한 것이다. 그런데 리나는 세 여인과 생활하면서 칵테일과 샴페인, 버터 바른 빵, 가루 설탕, 진하고 신선한 크림을 마구 먹어 치웠다. 먹고 싶은 대로 양껏 먹는데도 살이 안 찐다는 말과 함께, 세 여인에겐 10년 전부터 금기였던 음식들을 잘도 먹었다.

세 여인은 평정심을 잃지 않기로 굳게 다짐하고 서로의 우정도 더 굳건해지는가 싶었다. 그러나 브리지 게임을 할 때 눈에 띄게 날 선 기운이 감돌았으며, 대화는 곧잘 논쟁과 격론으로 번지다가 싸늘한 정적으로 끝났다. 게다가 리나는 브리지 게임에서 돈을 싹 쓸어버렸다. 리나가 머물기로 한 2주가 끝날 무렵, 여전히 뚱뚱한 세 여인은 겉으로는 예의 바른 태도를 보였지만 서로 말도 잘 섞지 않았고 속으로는 서로를 멸시했다.

베아트리스는 리나가 떠나자마자 테이블에 앉아 따끈한 빵에 버터를 두텁게 바르고 거기다 잼과 크림까지 듬뿍 얹어 먹기 시작했다. 자그마치 보름 동안 리나가 돼지처럼 처먹는 꼴을 지켜본 직후였다. 배가 터지든 살이 뒤룩뒤룩 찌든 한 끼는 실컷 먹고 싶었다. 이 장면을 본 프랭크도, 데이트를 하고 막 돌아온 애로도 즉시 웨이터에게 같은 음식을 주문했다. 음식들을 다 먹고 나서는 감자

튀김 3인분과 초콜릿 크림 케이크를 추가로 주문했다. 그리고 지난 보름간 냉랭했던 관계가 풀리고 서로에 대한 애정이 새록새록 차오른다.

〈앙티브의 뚱뚱한 세 여자〉는 다이어트를 소재로, 그것이 어떻게 시작됐다가 어떻게 실패하는지를 보여준다. 단순히 그 과정만을 그리는 것이 아니라 다이어트를 매개로 우리의 관계라는 것이 얼마나 취약한지를 엿볼 수 있다는 점에서 날카로운 작가의 인식이 드러난다. 세 여인의 우정은 포만감이라는 욕구에 휘둘리는 우정이다. 포만감을 억제하는 것이 혼자서는 어려운 과제이기에 이들이 함께하게 된다. 의지가 약한 사람끼리 서로 기대어 위로도 받고 이겨낼 힘을 얻는 건 나쁜 일이 아니다. 그러나 단순히 욕구를 억제하는 것을 목표로 할 때, 그렇게 맺어진 관계는 외부의 작은 충격에도 분열하기가 쉽다.

리나의 식욕은 세 여인의 우정을 흔들고 균열을 만든다. 그들은 마음대로 먹고도 살이 찌지 않는 리나가 부러운 나머지 서로에게 부루퉁했고 차갑게 대한다. 그러다가 리나가 떠나고 억눌렸던 포만감을 다시 채우면서 이들의 우정은 아무렇지도 않은 듯 회복된다. 게다가 리나를 공공의 적으로 상정하면서 이들의 우정이 더 돈독해질지도 모른다. 억눌린 욕망을 공유하는 관계는 자신들의 욕망을 정당화하기 위해 희생양을 만드는 것도 주저하지 않기 때문이다. 그렇게 본다면 이 작품은 서늘한 풍자가 아닐 수 없다. 마지막에 세 여인은 리나를 향해 입을 모아 비수를 꽂는다.

"누가 뭐래도 말이지, 리나 그 여자는 브리지 게임을 추잡하게 해, 진짜."

<춤꾼들>

이 소설은 지금으로 치면 스타 연예인들의 고민을 담은 작품이라 할 수 있다. 관객을 만족시키지 못하면 사라질지도 모르는 그들의 처지에 대한 연민이 담겨 있다.

콧맨과 스텔라는 도박장 디너쇼에서 공연하는 부부 곡예사이다. 그들은 20미터 높이에서 수심이 겨우 1.5미터인 불붙은 물속으로 다이빙하는 아찔한 공연을 하고 있다. 이 공연을 보러 온 사람들이 도박장에서 돈을 쓰게 하기 위해 고용된 그들은 지금 한창 인기가 좋아 출연료를 올려달라고 할 참이었다. 어느 날 한 늙은 부부가 콧맨과 스텔라의 공연을 보더니 축하해 주고 싶다며 굳이 찾아왔는데, 그들은 '왕년에 인간 대포알이었다가 35년 전에 은퇴했다'고 자신들을 소개했다. 자신들의 묘기를 보려고 사람들이 구름떼처럼 몰려왔었고, 런던에서의 인기가 전 세계 순회공연으로 이어졌다고 말했다. 하지만 콧맨과 스텔라는 그들에 관한 이야기를 들어본 적이 없었다.

늙은 부부가 돌아간 뒤, 스텔라는 담력을 잃었다면서 오늘 밤 다이빙을 못할 것 같다고 남편에게 말한다. 그들은 이 공연을 하기 전에 춤꾼으로 먹고살았는데, 그 시절은 생각하기도 싫을 만큼 가난하고 비참했다. 남편은 아내를 설득해 보았지만 아내가 못 하겠다면 어쩔 수 없다고 생각하는데, 공연이 다가오자 갑자기 아내가 화장대로 건너가 공연 준비를 했다. 그녀도 지난날을 생각하며, 냄새나는 싸구려 호텔 방에서 주린 배를 움켜쥐며 살던 때로 돌아가고 싶지 않았던 것이다.

〈춤꾼들〉에 등장하는 부부 곡예사에게선 삶의 고단함이 묻어난다. 요즘은 각종 오디션 프로그램으로 하루아침에 스타가 될 기회도 많아지고, 인기 스타가 된 사람들은 어마어마한 출연료를 받기도 한다. 하지만 연극을 비롯한 연예계에서는 여전히 오랜 시간 무명으로 가난하고 힘든 세월을 보내는 사람들이 더 많다. 물러날 곳이 없어 떠날 용기도 내지 못하는 그들에게, 어쨌든 그들이 설 수 있는 무대는 삶의 최전선일 것이다.

스텔라는 그들 부부를 찾아온 노파에게, 훌륭한 묘기를 선보이면 열광하다가도 곧 싫증을 내고 더 이상 찾지 않는 게 대중이고, 자신들이 겪었던 일을 당신들도 곧 겪게 될 거라는 말을 듣는다. 쭈그렁 노파를 보고서야 스텔라는 자신들의 신세가 비참하다는 걸 깨닫는다. 자신이 죽어도 일주일만 지나면 이름조차 기억하지 못할 대중들. 그래서 스텔라가 화장대 거울에 비친 자신을 보고 킥킥 웃으며 "내 관중을 실망시켜선 안 되지."라고 말하는 장면에는 슬픔이 깔려 있다.

앞의 두 작품이 시대를 초월한 인간의 보편적인 문제를 다룬 작품이라면, 다음의 작품들은 정형화되지 않는 이질적인 삶의 양식을 보여주고 있다.

<행복한 남자>

스페인에 관해 쓴 '나'의 책을 읽고 한 의사가 상담을 청한다. 이 남자는 돈은 잘 벌지만 그날이 그날 같고 앞날도 별반 다르지 않을 것이라는 것에 회의를 느끼고 있다. '나'에게 묻고 싶은 것은, '영국인 의사가 스페인에 자리 잡을 가망이 있는지'이다. 더불어 불확실한 것을 위해 안락한 직장을 포기하는 것이 미친 짓인지도 궁금해한다. '나'의 대답은 이랬다. "앞날이 달린 일이니 스스로 결정하십시오. 하지만 돈 욕심이 없다면, 그저 먹고사는 것에 만족한다면 멋진 삶을 영위할 수 있을 테니 가십시오."

그 후 15년쯤 지나 '나'는 우연히 스페인 세비야에 머물렀는데, 병증이 있어 영국인 의사를 수소문해 찾아갔다. 진료를 마치고 진료비를 내려는데 의사가 받지 않았다. 알고 보니 15년 전 '나'를 찾아왔던 그 의사였다. 그는 '나' 덕분에 자기 인생이 완전히 바뀌었다고, 그때 해준 말이 맞았다고, 이제까지 늘 가난하고 앞으로도 그러겠지만 만족한다고 했다. 이렇게 말하는 그의 눈은 명랑하게 반짝거렸고 대머리 얼굴에는 유쾌함이 가득했다.

이 소설은 우리에게 이런 질문을 남긴다. '돈 많이 벌고 안정되지만 하루하루가 똑같은 지루한 삶이냐, 앞날이 불확실하고 가난하지만 다채롭고 멋진 삶이냐, 당신은 어떤 것을 선택할 것인가?' 소설 속 의사는 낯선 나라에 가서 터를 잡고 살기로 결정했다. 그리고 자신이 선택한 삶을 세상 어느 왕의 인생과도 바꾸지 않겠다고 자신 있게 말한다. 그래서 이 소설의 제목이 '행복한 남자'인 것이다.

의사는 '왜 하필 스페인이냐'는 '나'의 질문에 '좋은 햇살과 좋은 와인, 선명한 자연의 색깔과 숨 쉴 수 있는 깨끗한 공기' 같은 것들을 언급한다. 영국은 비가 내리는 날이 연중 100일이 넘는 데다 일조량이 낮아 우산을 늘 챙겨 다녀야 하고, 날씨가 맑은 날에는 일광욕하기에 여념이 없다. 영국인들의 이미지가 우울하고 칙칙한 표정으로 굳어졌다면 날씨 탓이 클 것이다. 반면, 스페인은 햇살이 좋고 햇살이 좋다 보니 포도도 잘 자라 좋은 와인이 흔하고 날씨도 쾌청해 자연의 색깔도 강렬하다. 스페인이 정열의 나라로 흔히 불리는 이유도 여기서 비롯했을 것이다.

그에게 행복의 조건은 돈을 많이 벌거나 안정적인 직장을 갖는 것이 아니었던 것이다. 여기에 불확실한 미래에 도전하는 기쁨도 큰 몫을 했을 듯하다. 서머싯 몸은 삶의 질을 중요시하는 요즘의 추세를 예견이라도 하듯, 그 시대에 이미 남다른 행복의 선택 기준을 제시했다.

<에드워드 버나드의 몰락>

이 소설은 〈행복한 남자〉보다 시기적으로 앞선 작품이지만 내용적으로는 한 발 더 나간 작품이다. 재미있는 점은 두 작품의 제목에서 발견되는 상반성이다. 〈에드워드 버나드의 몰락〉에서 에드워드의 선택은 '몰락(fall, 번역자에 따라 '타락'으로 옮기기도 한다.)'인 반면, 〈행복한 남자〉에서 남자의 선택은 '행복'으로 표현되어 있다. '몰락·타락'이란 말을 반어적으로 이해하면 '행복'과 일관성이 유지되면서 두 작품에 반영된 서머싯 몸의 가치관이 모순 없이 다가온다.

〈에드워드 버나드의 몰락〉은 두 공간을 배경으로 인물들을 배치하고 이야기를 전개한다. 시카고와 타히티. 시카고는 문명화된 도시이고 물질주의를 중심으로 분주하게 굴러가는 서양을 대표한다. 타히티는 때 묻지 않은 자연이고 그 자연이 주는 생명력이 활력과 여유로움을 낳는 동양을 상징한다. 공간과 인물을 대응해 보면, 에드워드는 시카고에서 타히티로 이동하여 타히티에 정착한 인물이고, 베이트먼은 시카고에서 타히티를 방문하지만 도로 시카고로 돌아간 인물이며, 이저벨은 "시카고 외에는 세계 어떤 도

시도 그녀를 배출할 수 없는" 시카고를 지키고 있는 인물이다. 공간과 인물을 대응해 보니, 유전적 요인보다 사회적·환경적 요인이 개인의 성격과 선택에 결정적인 영향을 미치는 것처럼 보인다. 〈행복한 남자〉에서 스페인을 택한 남자가 결국 만족해하며 살아가는 것도 자연적 환경이 주는 혜택을 만끽했기 때문일 것이다.

시카고 출신 두 청년 에드워드와 베이트먼은 오랜 친구이다. 둘 다 이저벨을 사랑하지만 이저벨은 에드워드와 약혼한다. 에드워드는 아버지가 대공황 때 돌아가시고 나서 빈털터리가 되자 결혼을 미루고 돈을 벌기 위해 2년간 상거래 업무를 배우러 타히티로 떠난다. 에드워드에게 매달 꼬박꼬박 편지를 받으며 기다리던 이저벨은 2년이 다 되도록 그가 돌아오지 않자 불안감을 느낀다. 베이트먼은 그런 이저벨을 위해 출장 다녀오는 길에 타히티에 들러 에드워드를 만나보겠다고 한다. 베이트먼이 타히티에서 만난 에드워드는 많이 변해 있었다. 게으르고 무능하다는 이유로 이미 1년 전에 직장에서 해고된 상태였고, 지금은 작은 상점에서 점원으로 일하고 있었다. 그럼에도 불구하고 그는 전에 없이 경쾌했고 태평함이 흘러넘쳤다. 게다가 시카고에서 사기죄로 감옥에 갇혔다가 탈출해 타히티에 숨어든 잭슨이란 사내와 가까이 지내고 있었다. 베이트먼은 에드워드를 설득하려 했지만 에드워드는 이저벨이 자신을 놓아주길 바랐다. 그러면서 그는 잭슨의 혼혈인 딸과 결혼해 산호섬에서 지금처럼 한가롭게 살고 싶다고 했다. 시카고에 돌아온 베이트먼은 에드워드의 이야기를 이저벨에게 전해주면서 그녀에게 청혼하고 이저벨은 이를 받아들인다.

베이트먼과 에드워드의 입장을 정리해 보면 그들의 대립이 선명해진다. 베이트먼은 자신의 처지와 본분에 맞는 의무를 다하고 열심히 일해 성취감을 얻는 것이 인생을 제대로 사는 것이라고 생각한다. 이 생각에 따르면 에드워드의 변화는 타히티의 사악한 힘에 굴복한 타락으로밖에 보이지 않으며, 타히티에 산다는 것은 살아 있는 죽음에 지나지 않는다. 그러니 타히티에서 인생을 낭비하지 말고 시카고로 돌아가자고 한 충고는 그의 진심이었다. 베이트먼이 다른 삶의 방식과 가치를 거부하는 모습은 남태평양 원주민들이 입는 파레오를 입지 않고 더운 날씨에 적합하지 않은 서양식 옷을 고집하는 데서 단적으로 드러난다. 잭슨의 딸 에바가 환영의 의미로 씌워준 화환도 그를 당황스럽게 한다. 이저벨과 결혼을 약속하며 품에 안는 장면에서 베이트먼은 수백만 대의 자동차를 생산하며 규모가 나날이 커지는 자신의 회사를 꿈꾼다. 이렇듯 베이트먼은 자연 정복, 물질주의, 문명의 진보 등 서양의 가치관을 대변하는 인물이다.

한편, 에드워드 역시 타히티에 처음 도착해서는 손만 대면 큰돈을 벌 수 있는 사업들이 널려 있는 것을 발견하고 들뜬다. 20년 후면 20층짜리 건물과 오페라 하우스, 증권 거래소가 있는 대도시로 타히티를 개발할 수 있을 거라고 생각했다. 그러나 타히티의 바다와 하늘, 새벽의 신선함과 석양의 아름다움은 그를 변화시킨다. 그곳 사람들의 행복한 웃음과 편안함, 한가로움이 자꾸만 좋아진다. 여유로운 마음으로 책을 읽게 되고, 대화가 인생의 가장 큰 즐거움 중 하나라는 것을 알게 되면서 분주하게 반복되는 대도시의 삶이 사소하고 하찮게 느껴진다. 그는 자신에게 있는 줄도 몰랐던 영혼을 찾았고, 인생의 가치가 아름다움과 참됨과 선함에 있다는 걸 깨닫는다. 에드워드는 이곳에서 '거부할 수 없는 홀가분함'과 '아무것도 아닌 것에 대한 명랑함'을 느끼며 행복해한다. 이것은 칙칙한 잿빛 도시에서 일에 파묻혀 살았더라면 결코 느낄 수 없었을 만족이었다. 이렇게 보니 에드워드는 《달과 6펜스》의 스트릭랜드, 《면도날》의 래리와 같은 계열에 있는 인물이라 할 수 있겠다. 세 인물 모두 표준적인 삶과 도덕을 거부하고 자신의 삶을 살고자 했으며, 그것은 세속적인 성공과 거리가 멀다는 공통점이 있다.

서머싯 몸은 〈에드워드 버나드의 몰락〉을 통해 물질 중심적인 삶의 양식은 부질없고 허상에 불과할 수 있으며, 자연과 더불어 단순하고 소박하고 느긋하게 살아가는 것이 진정한 행복을 줄 수 있다고 말한다. 이러한 관점을 앞서 주장한 사람들이 있다. 일찍이 프랑스 사회사상가 루소는, 인간은 자유롭게 태어났지만 사회 속에서 쇠사슬에 묶여 있다며 자연으로 돌아가라고 주장했다. 18세기 영국 시인 워즈워드도 그의 시 〈입장 전환(The Tables turned)〉에서 끝없는 갈등을 불러오는 '불모(不毛)의 책'을 덮고 '숲속 개똥지

빠귀의 노래'를 들으라고 했다. 이러한 앞선 주장들이 있었음에도 서머싯 몸의 주제 의식이 눈길을 끄는 것은, 그의 작품들이 자본주의와 물질문명 및 과학기술이 한창 그 기세를 떨치며 세계 곳곳으로 퍼져나가던 시기에 쓰였기 때문이다.

잭슨의 집에 초대된 베이트먼은 집 앞에 펼쳐진 광활하고 고요한 남태평양의 아름다움을 마주한다. 모든 것이 너무 아름다워 베이트먼은 오히려 부끄러울 지경이다. 이런 그에게 잭슨은 이렇게 말한다.

"아름다움을 직접 대면할 기회는 좀처럼 없지. 잘 봐두시오. 지금 보는 걸 다시는 볼 수 없을 테니. 이 순간은 덧없는 것이지만 당신 가슴 속에 불멸의 기억으로 남을 거요. 당신은 영원과 마주한 겁니다."

<레드>

위 잭슨의 말에서 언급된 '덧없는 순간'과 '불멸의 기억', '영원'은 서머싯 몸의 또 다른 단편 〈레드〉로 연결된다. 이 소설은 같음과 다름을 포괄하거나 혹은 초월하는 시간의 무상함과 세계의 무의미함에 대해 말하고 있다. 무슨 말인지 언뜻 이해하기 어려울 수도 있지만, 이어지는 내용을 살피면 그 의미를 어느 정도 짐작할 수 있을 것이다.

사랑은 영원한 것일까? 영원하지 않다면 그럼에도 불구하고 사랑은 할 만한 가치가 있는 것일까? 인간의 생명이 유한하니, 사랑이 영원하다는 말은 이치에 맞지 않는다. 사랑도 사람의 일이기 때문이다. 셰익스피어의 〈로미오와 줄리엣〉은 '영원한 사랑'의 신비를 풀어줄 원형이라 할 만한데, 영원한 사랑의 전제 조건은 미치도록 서로 불타오르는 사랑의 절정에서 맞는 영원한 이별이다. 영원한 이별이라고? 그렇다. 사랑은 영원하지 않지만 이별은 영원할 수 있다. 이것이 인간의 잔인한 운명이다. 이 안타까운 사랑을 지켜본 사람들은 입에서 입으로 전하며 이들의 사랑을 끊임없이 재생한다. 그러니까 영원한 사랑이란 당사자들이 소유할 수 있는 게 아니라 사람들의 상상 속에서 아름답게 만들어지는 관념에 불과할지 모른다.

〈레드〉는 젊은 날 죽도록 사랑했던 연인들이 사랑의 정점에서 헤어지고 세월이 훌쩍 흐르고 난 뒤 다시 만나는 이야기다.

> 레드는 이름이 아니라 별칭이다. 그의 머리가 붉었기 때문에 원주민들이 붙여준 것이다. 그는 미국 해군의 병사였는데 군함을 탈출해 사모아에 숨어들었다가 마침 그를 맞이한 원주민 처녀 샐리와 첫눈에 서로 사랑에 빠진다. 둘은 한동안 시간 가는 줄 모르게 행복했다. 영국 포경선이 도착하기 전까지는. 레드는 담배를 얻으러 포경선에 갔는데, 이때 사람 손이 부족했던 선장이 레드에게 술을 먹여 납치한 것이다. 그래서 그 길로 샐리와 이별하게 된다. 변함없는 사랑을 품고

레드를 기다리던 샐리에게 닐슨이 접근한다. 닐슨은 자포자기한 심정으로 이 섬에 왔다가 샐리의 슬픈 눈에 끌려 그녀를 사랑하게 된 스웨덴 남자이다. 샐리는 닐슨과 억지로 함께 살지만 그녀의 마음은 돌처럼 단단했다.

그렇게 25년이 흘러 닐슨은 이 섬에 잠시 들른 비열하고 추악한 모습의 선장을 맞이하는데, 그가 바로 레드였다. 샐리와 레드는 서로 마주치지만 서로를 알아보지 못한다. 이미 샐리도 나이 먹은 뚱뚱한 원주민 여자에 불과했기 때문이다. 이 광경을 지켜본 닐슨은 젊은 샐리와 레드가 만들어낸 사랑의 허상에 속아 자신이 세월을 헛되이 낭비했음을 깨닫고 샐리를 떠나기로 한다.

시간 앞에 변하지 않는 것은 없으며 시간 앞에 모든 것은 무상(無常)하다. 시간은 레드와 샐리를 늙게 만들었다. 이것은 단지 신체적 변화만을 뜻하는 것은 아니다. 변함없이 레드를 애타게 기다려온 샐리는 지금 자신의 눈앞에 나타난 레드를 알아보지 못한다. 이 얼마나 아이러니한가? 그녀의 마음은 젊은 날에 고정되어 흐르지 않았다. 고인 물이 썩듯 고인 마음은 현실을 향해 열려 있을 수 없다. 레드를 향한 변함없는 사랑은 샐리의 기억 속에만 존재할 뿐이다. 닐슨이 깨달은 것도 바로 이 점이었을 것이다. 자신이 사랑한 것은 샐리가 아니었다. 샐리를 통해, 레드와 샐리가 못다 이룬 불완전한 사랑이 빚어낸 영원한 사랑을 훔쳐보고 그것을 동경한 것이었다. 서로를 알아보지 못하는 두 사람을 보고 닐슨이 기가 막히고 분노가 치밀어오른 까닭은 세월의 무상함을 깨닫지 못하고 영원한 사랑을 믿은 자신의 어리석음 때문이었다. 소설 속에서 레드와 샐리의 사랑을 아름답게 전달하는 사람이 바로 닐슨이다. 두 사람의 사랑은 그렇게 닐슨의 환상 속에서 사치스러운 언어로 과장되었고, 닐슨은 자신이 만들어낸 사랑을 질투했던 것이다.

석가모니의 열반이 다가오자 그를 가장 가까이에서 모시던 제자 아난다가 매우 슬퍼했다. 그런 아난다를 위로하며 석가모니는 "인연으로 맺어진 이 세상 모든 것은 덧없음으로 돌아가니, 은혜와 사랑으로 모인 것일지라도 언젠가는 반드시 헤어지기 마련이다. 세상 모든 것이 그러하거늘 어찌 슬퍼하고 근심하느냐."라고 말했다. 언젠가 헤어진다는 것을 알고도 우리의 사랑이 헛되지 않을 수 있을까? 사랑할 땐 영원할 듯 사랑하고 헤어질 땐 미련 없이 헤어질 순 없을까? 잠시 한바탕 꿈처럼 연극처럼 울고 웃다 흔적도 없이 사라지는 것이 우리 인생이다. 이별이 삶의 기본값이고 사랑은 우리 인생에서 예외적인 경우이므로, 짧고 어긋나는 사랑에도 최선을 다하는 경지. 그것이 세월의 무상함과 세계의 무의미함을 견디는 우리 인생의 자세가 아닐까?

이상 서머싯 몸의 단편들을 주제별로 분류하여 살펴보았다. 서머싯 몸은 자신이 쓴 단편들을 모아 단편소설집을 펴내면서 서문에 이렇게 밝혔다.

> 읽히는 것이 작가가 이야기를 쓰는 동기는 아니지만, 일단 글을 쓰고 나면 읽혔으면 하는 욕심이 생기는 법이다. 그러므로 작가는 잘 읽히는 글을 쓰기 위해 최선을 다해야 한다.

그의 작품들을 읽어보면 그의 말이 틀린 말이 아니란 걸 확인할 수 있을 것이다. 그는 "독서 습관을 붙이는 것은 삶의 온갖 비참한 일에서 벗어날 대피소를 짓는 일이다."라고도 했다. 그의 단편들은 삶의 이면을 포착하는 날카로움, 군더더기 없는 전개, 반전과 유머, 기발하고 재치 있는 묘사와 개성적인 인물들, 인간에 대한 관용과 이해 등으로 우리에게 단지 대피소가 아니라 안식처가 되기에 충분하다.

세계문학을 읽다 5

서머싯 몸을 읽다

1판 1쇄 발행일 2023년 4월 24일

지은이 김지용

발행인 김학원
발행처 (주)휴머니스트출판그룹
출판등록 제313-2007-000007호(2007년 1월 5일)
주소 (03991) 서울시 마포구 동교로23길 76(연남동)
전화 02-335-4422 **팩스** 02-334-3427
저자·독자 서비스 humanist@humanistbooks.com
홈페이지 www.humanistbooks.com
유튜브 youtube.com/user/humanistma **포스트** post.naver.com/hmcv
페이스북 facebook.com/hmcv2001 **인스타그램** @humanist_insta

편집책임 문성환 **편집** 윤무재 **디자인** 이수빈
용지 화인페이퍼 **인쇄** 청아디앤피 **제본** 민성사

ISBN 979-11-6080-692-2 44800
979-11-6080-836-0 (세트)